Venganza inocente

Annie West

Bianca®

⬧ HARLEQUIN®

Editado por HARLEQUIN IBÉRICA, S.A.
Hermosilla, 21
28001 Madrid

I.S.B.N.: 978-84-671-4903-6
Depósito legal: B-4730-2007
Editor responsable: Luis Pugni
Composición: M.T. Color & Diseño, S.L.
C/. Colquide, 6 - portal 2-3º H, 28230 Las Rozas (Madrid)
Fotomecánica: PREIMPRESIÓN 2000
C/. Algorta, 33. 28019 Madrid
Impresión y encuadernación: LITOGRAFÍA ROSÉS, S.A.
C/. Energía, 11. 08850 Gavá (Barcelona)
Fecha impresion para Argentina: 1.10.07
Distribuidor exclusivo para España: LOGISTA
Distribuidor para México: CODIPLYRSA
Distribuidores para Argentina: interior, BERTRAN, S.A.C. Vélez
Sársfield, 1950. Cap. Fed./ Buenos Aires y Gran Buenos Aires,
VACCARO SÁNCHEZ y Cía, S.A.
Distribuidor para Chile: DISTRIBUIDORA ALFA, S.A.

Capítulo 1

RONAN Carlisle observó a la glamurosa muchedumbre que se agolpaba en la recepción del hotel. No era posible que una serpiente como Wakefield tuviese tantos amigos.

Sintió ganas de darle un puñetazo, aunque eso sólo la consolaría temporalmente.

Pronto, muy pronto, Wakefield tendría lo que se merecía. Ronan se encargaría de que así fuera.

Pensó en lo que iba a pasar. Aquella noche había insinuado cuál iba a ser su próximo paso en una importante operación comercial. No le cabía ninguna duda de que a la mañana siguiente Wakefield estaría impaciente por seguir el ejemplo. Sería el momento en el que acabaría con él. Era simple. Y lo tenía preparado desde hacía mucho tiempo.

Se encogió de hombros y se dio la vuelta para marcharse de allí. Pero algo en la colorida y ruidosa sala llamó su atención. *Alguien.*

La vio entrar y mezclarse con la multitud. Estaba sola y vestía de forma descarada para un lugar como aquél, con toda aquella gente vestida de manera elegante. Parecía una mujer con una meta; se reflejaba en sus brillantes ojos oscuros y en su palpable aire de determinación.

La mujer se detuvo para preguntarle algo a alguien, tras lo cual cambió de rumbo y se dirigió hacia donde estaba Wakefield.

Momento en el cual Ronan decidió que se quedaría un poco más. Algo le decía que aquello iba a ponerse mucho más interesante.

Marina respiró profundamente y siguió hacia delante. Las sensaciones de miedo y triunfo se agolpaban en su mente al mismo tiempo. Le dio un vuelco el corazón de manera reveladora.

«Puedes hacer esto, Marina. Tienes que hacerlo».

«Es tu última oportunidad».

Necesitaba tener mucha suerte. No podía permitirse el lujo de fallar. Sobre todo cuando su futuro y el de su familia dependían de ello.

Se acercó a él entre la muchedumbre, sintiéndose totalmente fuera de lugar. Notó cómo la gente la miraba y levantó con orgullo la barbilla. Tenía negocios importantes con Charles Wakefield y nada, ni las tácticas de evasión de él ni su propio temor, la iba a detener en aquella ocasión. Anteriormente, sus guardaespaldas le habían dado evasivas, diciéndole que no podía verla porque estaba muy ocupado. ¡Pero en aquel momento no tenía otra opción que hacerlo!

Levantó la mirada y se detuvo ante unos ojos azules que la miraban de tal manera que parecía que traspasaban sus barreras y llegaban hasta lo más profundo de sus temores. Se le quedó la garganta seca al observar la cara del hombre que sobresalía entre la muchedumbre.

No lo conocía, pero sabía, ya que lo había visto en los periódicos, que no era Wakefield.

El hombre tenía unos rasgos duros e intrigantes. Era más que guapo. Su altura y lo ancho de sus hombros denotaban pura masculinidad.

Potente. Vital. Su presencia imponía. Marina tragó

saliva con fuerza, tratando de apagar el calor que la estaba invadiendo por dentro.

Pero en aquel momento alguien se rió y la empujaron hacia delante. Ella recordó su cometido.

Wakefield estaba de pie cerca de las ventanas, sonriendo. Tenía el aspecto de lo que era; uno de los hombres más ricos de Australia.

Aquélla era la oportunidad de Marina. Se tenía que concentrar en lo que había ido a hacer; en Wakefield. Pero no se movió. Se quedó mirándolo, pero en lo que pensaba era en el hombre de pelo negro que estaba cerca de ella. Podía sentir cómo la estaba mirando.

Resistió la tentación de volver la cabeza y mirarlo de nuevo. No podía distraerse.

Respirando profundamente, se acercó a Wakefield… el hombre que estaba destrozando su vida. Tenía una sonrisa escalofriante, que hizo que ella se estremeciera por la aprensión que sintió.

—Señor Wakefield —dijo Marina en un tono demasiado estridente, que hizo que todos se volvieran a mirarla. Se ruborizó al observar que todos se callaron a su alrededor.

Se puso tensa al ver el desprecio que denotaba la mirada de Wakefield.

—Soy Marina Lucchesi, señor Wakefield —dijo, esbozando una forzada sonrisa y tendiéndole la mano.

—Señora… Lucchesi —dijo él, sonriendo y apretándole la mano—. Bienvenida a mi pequeña fiesta. ¡Damien! Anota lo que tenga que decir.

—No, señor Wakefield. Yo no soy una empleada suya —su voz denotó el enfado que sentía, pero no le importó. Él sabía perfectamente quién era ella—. Pero estoy aquí por un asunto de negocios. Esperaba poder concertar una reunión privada con usted.

–Ah, Damien –Wakefield se dirigió al elegante hombre que apareció a su lado–. La señora Lucchero quiere una cita.

–Señor Wakefield, mi apellido es Lucchesi, Marina Lucchesi –aclaró, acercándose aún más hacia él. Sintió cómo la satisfacción la invadía cuando observó que tenía toda su atención–. Estoy segura de que recuerda el apellido. Después de todo conoce a mi hermano, Sebastian.

«Lo conoces lo suficiente como para quitarle todo lo que posee, así como también otras cosas que no son suyas», pensó Marina.

–Lo siento, señora… Lucchesi, pero no recuerdo quién es. ¡Conozco a tanta gente! –miró a su alrededor–. Muy pocos de ellos me impactan lo suficiente como para que los recuerde.

Marina ignoró las risitas disimuladas de la gente y siguió mirando a su objetivo.

Sintió cómo le invadía la furia; con una fiereza nueva para ella. Había esperado que los guardaespaldas la hubiesen echado, o, si tenía mucha suerte, que accediera a regañadientes a tener una reunión con ella para hablar de la situación. ¡Era una ingenua! Incluso había creído que podía razonar con aquel hombre y ampliar el plazo.

No había esperado aquel desprecio. Por lo menos no de alguien que no ganaba nada humillándola.

–Me sorprende, señor Wakefield –dijo con la voz dura y temblorosa, pero no se iba a echar atrás–. Seguro que recuerda el nombre del hombre al que le robó la empresa.

En aquel momento los cuchicheos cesaron y se creó un tenso silencio.

–¿O hace eso tan frecuentemente, que tampoco lo recuerda? –continuó diciendo ella, mirándolo a los ojos, que en aquel momento denotaban furia.

Marina miró hacia su izquierda al sentir a la gente acercarse y pudo ver de nuevo los ojos más sorprendentes que jamás había visto. Azul índigo, con unas pestañas negras preciosas. De cerca, el hombre era impresionante. No era sólo el aura de poder ni su altura. Eran sus facciones. Estaba claro por qué las mujeres se agolpaban a su alrededor.

El hombre se acercó y murmuró algo que hizo que la gente retrocediera. Marina pensó que era un guardaespaldas de Wakefield y se sintió muy decepcionada.

–Me temo, señora Lucchesi, que está totalmente equivocada –dijo Wakefield, mirándola. Ella se estremeció–. No debería realizar tales acusaciones cuando no conoce los hechos. Eso es una calumnia. Y un error que puede costar muy caro.

Marina sintió cómo el miedo se apoderaba de ella. ¿Qué más quería aquel hombre? ¿Sangre?

Se dio cuenta vagamente de que el guardaespaldas de Wakefield y su asistente habían apartado a los curiosos. Ella estaba allí de pie, sola frente al hombre que había destruido el futuro de su hermano y el suyo propio.

–Veo que está reconsiderando sus acusaciones –dijo Wakefield, con la satisfacción reflejada en la mueca que esbozaba.

La estaba mirando como lo hace un hombre que sabe que ha ganado la partida. Pero… ¡Qué demonios! Ya no le podía quitar nada más. No había nada más que le pudiese robar.

–No –contestó ella–. No estoy reconsiderando nada. Ambos sabemos que es verdad. ¿Cómo si no llamaría a engañar a un inocente para quedarse con su herencia?

Para sorpresa de Marina, Wakefield miró frunciendo el ceño al hombre que estaba a su lado. Se preguntó si tendría reparos en airear sus trapos sucios delante de su personal.

—Señora Lucchesi —dijo Wakefield, esbozando una sonrisa. Si no fuese por sus ojos, que eran fríos como los de un reptil, la habría engañado—. Obviamente ha habido un malentendido —continuó diciendo—. Su hermano no le ha contado todo.

—¿Así que admite que conoce a Sebastian?

—Ahora le recuerdo. Un hombre joven muy… impetuoso. Pero para nada inocente.

—¿Y usted califica como una operación de negocios legítima el robar una próspera compañía como hizo?

Marina pudo observar cómo de nuevo Wakefield miraba de reojo al hombre que estaba de pie a su lado.

—Vamos, vamos, señora Lucchesi. Marina, yo no le robé la compañía.

A Marina le enfureció que lo estuviese negando. Nunca había pegado a nadie, pero en aquel momento, teniendo tan cerca a aquel arrogante playboy, estaba a punto de hacerlo.

—Entonces dice que es una práctica normal en los negocios —dijo ella, que no se reconocía la voz—. Hacer que un chico de veintiún años de edad se emborrache tanto, que no sepa ni lo que hace, para luego hacer que firme sus documentos.

Durante unos segundos, nadie dijo nada ni se movió. Incluso los dos hombres que flanqueaban a Wakefield se pusieron tensos.

—Obviamente su hermano sabía que usted se disgustaría y por eso no le contó toda la verdad —dijo por fin Wakefield, rompiendo el silencio y como si estuviese hablando con un niño.

–¡Eso es mentira! Sé perfectamente lo que pasó y…

A Marina le interrumpió una profunda voz antes de que pudiese proseguir.

–Charles, éste no es ni el momento ni el lugar, ¿no te parece? ¿Por qué no discutís sobre esto en un lugar más discreto? –dijo el *guardaespaldas* y, a pesar de su enfado, Marina no pudo evitar que su cuerpo respondiera ante aquella voz, que parecía que le había acariciado la piel.

–¿Y hacer que esta acusación tan absurda tenga más credibilidad? Gracias por la sugerencia, pero me puedo ocupar de mis propios negocios –le aclaró Wakefield al hombre.

–¿De la misma manera como te has ocupado de los de la señora Lucchesi?

Marina se quedó mirando al hombre que se había atrevido a interrumpir al magnate. No parecía perturbado por el hecho de que acababa de meterse en los asuntos de su furioso jefe.

Quien fuera que fuese aquel tipo, no se acobardaba fácilmente. Charles Wakefield la había mirado a ella con desprecio. Pero aquello no era nada comparado con el odio que se reflejaba en su mirada cuando miró a aquel hombre.

–Te agradecería que te mantuvieses al margen de esto, Carlisle. Esta mujer está equivocada, pero yo puedo aclararlo todo –dijo Wakefield–. Ah, aquí viene el jefe de seguridad.

–No hay necesidad de ello –dijo Carlisle–. Yo acompañaré a la señora Lucchesi.

¡Como que ella se lo iba a permitir! Todavía tenía muchas cosas que decirle a Charles Wakefield.

–¡De ninguna manera! No he terminado todavía –indignada, miró al hombre de los ojos azules–. Si cree que puede hacer que no cuente lo que él ha hecho, está muy equivocado.

Despacio, el hombre agitó la cabeza y a Marina le pareció ver reflejado en sus ojos que la entendía. Quizá no le gustaba hacer su trabajo, pero tenía que cumplir con su deber.

–No es que quiera que no lo cuente –le explicó Carlisle, acercándose a ella tanto, que ésta pudo sentir la calidez de su cuerpo–. Aquí no puede ganar esta partida. No es ni el momento ni el lugar.

Marina, al notar movimiento a su alrededor, dirigió su mirada para ver a unos fornidos hombres con traje que se acercaban a ellos. Charles Wakefield habló con el que parecía el jefe.

–Oficial de seguridad –dijo Carlisle, asintiendo con la cabeza a los recién llegados–. Ahora tiene que elegir. Puede dejar que la saquen de aquí por la fuerza. Probablemente la sujeten hasta que llegue la policía para investigar la queja de Wakefield sobre que usted está alterando el orden público.

Hizo una pausa, mirándola a los ojos.

–O puede venir conmigo.

¡Como si pudiese confiar en él! Era uno de los hombres de Wakefield y además su sexto sentido le decía que se anduviera con cuidado con aquel hombre; quería algo.

Indignada, Marina se dio la vuelta, pero un hombre con traje negro le impidió ver nada.

Carlisle tenía razón; Wakefield la sacaría de allí de muy malas maneras. No permitiría que sus invitados se disgustasen oyendo los detalles de lo que ella tenía que contar.

–Le puedo prometer que la sacaré de aquí preservando su dignidad –le susurró Carlisle al oído.

Aquellas palabras la tentaban.

Pero se tenía que resistir a ellas. Quizá aquélla sería la única oportunidad que tendría de enfrentarse a Wakefield y tenía que intentarlo de nuevo, sin importar las consecuencias.

Negó con la cabeza y sintió cómo una mano la agarraba por el codo. La forma con la que Carlisle la tocó era delicada pero firme. Se acercó para hablarle de nuevo al oído.

–No significa que salga corriendo –instó él, como si pudiese leerle los pensamientos–. Pero necesita encontrar una manera mejor de acercarse a él.

Carlisle hizo una pausa y Marina, al sentir la cálida respiración de él sobre su piel, sintió cómo la excitación le recorría el cuerpo.

–A no ser que prefiera que la arresten –concluyó él firmemente, pero sin utilizar un tono amenazador.

Justo en ese momento alguien la agarró del otro codo con fuerza. Marina miró al hombre que lo hizo y vio que su cara no reflejaba amabilidad. Era inexpresivo. Se le había acabado la suerte.

Le había prometido a Seb que se iba a ocupar de todo. Pero en vez de eso había dejado que sus emociones acabasen con su sentido común. Había echado a perder la posibilidad de resolver aquella pesadilla.

Y, de repente, demoledoramente, la debilidad física contra la que había estado luchando toda la noche volvió. Sintió cómo la invadía y tuvo que utilizar toda su energía para mantenerse de pie.

El médico le había advertido que reposase un poco, para así darle a sus heridas una oportunidad de curarse. En aquel momento se dio cuenta de que tenía razón. El temblor de sus piernas le advertía que pronto le iban a fallar. Y no podría soportar la humillación de caerse a los pies de Wakefield.

Vencida por todo aquello, se desplomó. Pero inmediatamente un fuerte brazo la sujetó, haciendo que el otro guardaespaldas la soltara. Obviamente Carlisle tenía bastante autoridad.

–No os molestéis en acompañarnos –dijo él–. Yo me aseguraré de que la señora Lucchesi llegue a su casa.

La cara de Wakefield reflejó el enfado que sentía. Fue a protestar, pero no lo hizo.

–Buenas noches, Charles. Caballeros –Carlisle asintió con la cabeza afablemente al grupo allí congregado–. Ha sido una noche inesperadamente… interesante. Nos marchamos.

Mientras salían de la sala, Marina deseó que pareciera que ambos iban andando, aunque la verdad era que, sin la fuerza del brazo de él sujetándola, ella se habría caído al suelo. Respiraba con dificultad, como si acabase de correr una maratón y el dolor había vuelto.

–¿Puedes llegar a la puerta? –preguntó él.

–Sí. Puedo llegar a la puerta.

Marina sintió cómo todos los miraban, cómo cuchicheaban mientras pasaban. Pero al observar las miradas de arrobo de muchas mujeres, se dio cuenta de que el centro de atención no era ella, sino él.

Varias personas le hablaron y él les contestó sin detenerse. No lo hizo hasta que un hombre les cortó el paso. Carlisle se lo presentó a ella, que esbozó una sonrisa y le tendió la mano. Hablaron un momento, pero a ella le estaba invadiendo el dolor. Volvieron a andar, despacio, hacia la puerta.

Cuando llegaron al vestíbulo, el relativo silencio que allí había fue como una manta de calor reconfortante. No había guardaespaldas. Ni policía. El alivio la inundó.

Tropezó y se detuvo. Respiró profundamente, luchando contra el dolor que sentía.

–Venga por aquí –dijo Carlisle con voz autoritaria mientras la dirigía a un pequeño diván que había apoyado en la pared.

–Gracias. Ya estoy bien –dijo ella, tratando de soltarse de él.

–Pues no lo parece –respondió él–. Parece como si fuera a desmayarse.

Marina se dio por vencida del intento de apartar el brazo de él y lo miró a los ojos.

–Bueno, soy mucho más fuerte de lo que aparento.

Aquellos ojos azules la miraron a su vez y ella tuvo la desconcertante sensación de que él podía ver todo lo que ella trataba tan trabajosamente de ocultar. Apartó su mirada.

–Por favor, deje que me marche –pidió y, ante su sorpresa, él la soltó inmediatamente, haciendo que ella se estremeciera al no sentir el calor de su cuerpo cerca del suyo–. Gracias por su ayuda. Estoy agradecida, pero ya puedo cuidar de mí misma.

Pero él no se fue. Se quedó de pie mirándola, como pensando en lo que ella le había pedido.

Tras lo cual no hubo tiempo para fingir durante más tiempo. Marina se desplomó sobre el diván.

–No se mueva –le ordenó él mientras se dirigía de nuevo hacia la recepción.

¡Como si pudiese hacerlo!

Ella hizo una mueca de dolor, preguntándose cómo

demonios iba a salir de allí por su propio pie. Se echó para atrás y sintió cómo sus músculos se relajaban.

–Tome, bébase esto –una cálida mano tomó la de Marina para que agarrara un vaso frío.

–Gracias, pero me las puedo arreglar sola –no le pasaba nada a sus manos, sólo a sus piernas. Tomó el vaso y bebió el agua helada, ignorando la dura expresión que él tenía reflejada en su cara.

Marina se arrepintió de su arrebato. No era culpa de aquel hombre que ella hubiera echado a perder la oportunidad de hacer que Wakefield entrara en razón. O de que ella fuese tan débil como un gatito. Y tenía que reconocer que él la había ayudado.

–Lo siento –dijo–. Usted se ha portado estupendamente conmigo, de verdad –suspiró–. Es sólo que…

–No se preocupe por eso –la interrumpió él, con la impaciencia reflejada en la voz.

La miró a los ojos y ella se preguntó qué estaría haciendo un hombre como él trabajando para Charles Wakefield; parecía muy inteligente.

–¿Estará bien si la dejo sola? –Carlisle interrumpió los pensamientos de Marina.

–Claro. Sólo tengo que reponerme un poco.

Él asintió con la cabeza y se dio la vuelta, sacando un teléfono móvil de su bolsillo mientras se marchaba andando por el vestíbulo.

Estúpidamente, Marina se quedó muy decepcionada de que él le hubiese tomado la palabra. Había insistido en quedarse sola, pero en aquel momento se sentía perdida.

En vez de quedarse mirando cómo él se marchaba, cerró los ojos y se planteó cómo iría a volver a su casa. Había ido en autobús, en varios. ¿Llevaría suficiente dinero como para permitirse el lujo de tomar un taxi?

Si no, tenía un problema. Estaba demasiado débil como para ir andando hasta la parada del autobús.

Suspiró y se acurrucó en los cojines, extremadamente cansada. También le estaba doliendo la cabeza. Pensó que seguramente era por la tensión. Se soltó el pelo; ya no importaba si tenía el aspecto de un animal salvaje. Ya había echado a perder su oportunidad con Wakefield.

Se arrimó al borde del diván para levantarse, sin importarle la manera en que la falda se le subió. Abrió los ojos y contuvo la respiración al ver a un hombre de pie delante de ella.

Era Carlisle. Por primera vez lo vio bien y lo que vio hizo que se quedara paralizada. Aquel hombre lo tenía todo. Tenía sex appeal. Tenía magnetismo animal… o como se llamara. Tenía algo más que simplemente una buena apariencia física. Algo infinitamente mucho más peligroso. Especialmente cuando la miraba de aquella manera.

Pudo sentir cómo sus partes más femeninas respondían ante la promesa de un hombre como aquél. Y en aquel momento, la mirada de él era una promesa. Su masculinidad y su fuego hicieron que el aire alrededor de ellos echase chispas.

A ella se le desbocó el corazón y se quedó sin aliento.

Y, de repente, él cambió la expresión de su cara, la endureció. Marina parpadeó. ¿Se estaría imaginando cosas o había sido real aquella abrasadora mirada?

Él la miró firmemente y ella se sintió culpable, como si él hubiese sido capaz de leerle sus locos pensamientos.

¡Sí, seguro! Como si un hombre como él la fuese a mirar de esa manera. Marina Lucchesi, la mujer menos glamurosa que conocía. Demasiado alta, demasiado rellenita… demasiado franca. Bajó la mirada y observó el vaso vacío que tenía en las manos.

–Marina –dijo él.

Ella miró hacia arriba a regañadientes. Volvió a ocurrirle lo mismo; sintió un cosquilleo por el cuerpo que la hizo temblar.

–Nos tenemos que marchar. Si me permites que te hable de tu… te voy a llevar a casa.

–¿Y por qué querrías hacer eso? –preguntó, todavía sin aliento.

–Porque soy el hombre que te puede hacer conseguir lo que quieres; la cabeza de Charles Wakefield en una bandeja.

Capítulo 2

U N PRÍNCIPE azul que llega para matar al dragón y rescatar a la dama? ¡Sí, sí!

Marina se quedó mirándolo, pensando si habría desarrollado un problema de audición. O tal vez él, en vez de agua mineral, le había puesto vodka en el vaso.

Una cosa estaba clara… ningún hombre, aparte de su padre, le había ofrecido resolverle sus problemas. Y era lo suficientemente mayor como para saber que no volvería a pasar.

—No te creo —dijo ella rotundamente—. Nadie tiene tanto poder.

Carlisle esbozó una expresión de pura arrogancia.

—¿Crees que no? —murmuró finalmente—. Quizá tengas razón. La decapitación tal vez sea demasiado drástica. Quizá podamos hacer que tenga lo que se merece.

—Y los cerdos tal vez vuelen —masculló Marina.

Ignoró la mano que le tendía él y se apoyó en el borde del diván para ayudarse a levantarse.

Inmediatamente, Carlisle la tomó por el codo para sostenerla. Pero aquello no era suficiente, teniendo en cuenta la forma en la que le temblaban las rodillas. Así que él, con un movimiento decisivo, la tomó en brazos.

Fue tan rápido, que la impresión la dejó muda durante unos segundos. Él la miró a los ojos.

—¿Qué crees que estás haciendo? —ella respiró profundamente, demasiado pendiente de la recepción que se estaba celebrando en la sala contigua–. ¡Bájame!

–¿Por qué? ¿Para que te puedas desplomar a mis pies? No estoy tan desesperado por tener adulación femenina, gracias.

Todo el miedo, el odio y el enfado que ella había sentido por Charles Wakefield se fusionaron de manera inmediata e irrazonable en una inmensa furia dirigida hacia aquel nuevo torturador. Tuvo que contenerse para no darle una bofetada.

–He dicho que me dejes en el suelo. ¡Ahora mismo!

Pero él no movió un músculo. Simplemente se quedó allí de pie mirándola. Ella se sintió desvalida. Y abochornada. En cualquier momento alguien podría salir y verla.

–Voy a gritar –amenazó.

–Pensé que querías salir de aquí sin armar mucho escándalo. ¿O estaba equivocado? ¿Te excita de alguna manera ser el centro de atención?

Marina frunció el ceño ante la injusticia de aquel comentario.

Mientras tanto, él la miró despacio, analizando la reacción de ella ante su pregunta. Marina apretó los puños, levantó la barbilla y respiró agitadamente. Trató de calmarse y bajó la mirada en la misma dirección que la de él. Se dio cuenta de que se le había abierto la chaqueta. Tenía la camisa al descubierto y a través de ella se podía observar el sujetador, blanco como la camisa.

Fue a decir algo, lo que fuera, pero él la miró a la cara y no lo hizo.

Su mirada parecía de deseo. No había otra manera de describirlo. Marina parpadeó, tratando de leer la expresión de la cara de él. Pero no pudo. Sólo pudo ver esa persuasiva llamarada que hizo que ella quisiera bajarse al suelo.

¿O acurrucarse más cerca de él?

Nadie la había tomado en brazos de aquella manera y sintió millares de nuevas sensaciones perturbadoras. Los brazos de él le transmitían calidez. El aroma que desprendía aquel hombre, puro y masculino, la estaba excitando sexualmente.

—Bueno, ¿qué hacemos? —preguntó él con una voz profunda y dulce que hizo que ella sintiera un cosquilleo por el cuerpo—. ¿Nos vamos en silencio o vas a montar una escena?

—No quiero ninguna escena —lo miró furiosa, furiosa por haber descubierto otra debilidad que añadir a su lista; chocolate, películas románticas… y unos ojos azules profundos.

¡Maldita sea! No necesitaba aquello en aquel momento. Simplemente se quería marchar a su casa, donde se podría recuperar de sus heridas.

Como si le hubiese leído la mente, él se dio la vuelta y se dirigió hacia el ascensor.

—¿No deberías volver a la recepción? —preguntó ella, tratando de mostrar un educado interés, como si estar en los brazos del hombre más sexy que había visto nunca no fuera nada del otro mundo.

—No, ya me iba —contestó él, observando en los botones cómo subía el ascensor.

—¿Pero no necesitas volver a tu trabajo? ¿Con Charles Wakefield?

Carlisle la miró, levantando una ceja.

—¿Trabajar para Wakefield? ¿Quién crees que soy?

En ese momento se abrieron las puertas del ascensor. Cuando se introdujeron en él, las paredes de éste reflejaron la imagen de ambos… y aquello fue suficiente para acabar con la poquita confianza en sí misma que le quedaba a Marina. Parecía una muñeca rota en sus brazos, con su oscuro pelo todo alborotado y la ropa desarreglada.

–Ya me puedes bajar.

–Dale al botón, ¿puedes? –dijo él, ignorando la petición de ella, que a su vez ignoró la de él.

Carlisle presionó el botón y ella pudo sentir cómo su aroma se intensificaba.

–De verdad, me puedes dejar ya en el suelo. Me puedo mantener en pie.

–Todavía no me has respondido –dijo él, mirándola a los ojos–. ¿Quién te crees que soy?

–¿No eres un guardaespaldas? Lo digo por la forma en la que apartaste a aquellas personas para que no pudiesen oír…

Él no pudo evitar reírse ante aquello.

–¿Crees que soy uno de los perros guardianes de Charlie? –por primera vez esbozó una expresión relajada. Se notaba que aquello le entretenía y a ella le deslumbró su sonrisa; el tipo de sonrisa que podía hacer que hasta la mujer más sensata se derritiera en diez segundos.

–Yo no diría perro guardián. Pero está claro que te preocupas por sus intereses. La manera en la que apartaste a aquella multitud era obviamente para protegerlo.

La sonrisa que estaba esbozando él se apagó.

–¿No se te ocurrió que tal vez hubiese sido más seguro para *ti* acusarle de todo aquello en un lugar más privado? ¿No se te ocurrió pensar en cómo reaccionaría él si te enfrentabas a él delante de sus admiradores?

Ella sabía que él tenía razón.

–Sobre todo si le decía la verdad, ¿no?

–Exactamente. Cuando te relacionas con un hombre como Wakefield, debes entender que para ser realmente sincero con él debes encontrar el momento adecuado.

–Parece como si se te hubiera contagiado su discutible moralidad –acusó ella–. ¿Es así como trabajas? ¿Eligiendo no ser sincero? No entiendo cómo soportas trabajar con él.

Se creó un incómodo silencio en el ascensor y ella estaba convencida de que él se había enfadado.

Se abrieron las puertas, pero él no respondió a su burla.

Marina no sabía si sentirse aliviada o consternada mientras salían del ascensor y él la llevaba en brazos a lo largo del inmenso vestíbulo. Deseó poder desaparecer cuando pasaron al lado del sonriente portero y varios curiosos.

–Marina, si estás planeando luchar contra Wakefield, te vendrá bien recordar que las cosas no son siempre como parecen –le dijo él en bajito, para que sólo lo oyera ella.

Cuando estuvieron fuera, ella sintió cómo el aire caliente le rozaba las mejillas y evitó mirar a los ojos a otro empleado del hotel. Pero no necesitaba haberse preocupado… toda la atención del muchacho estaba puesta en Carlisle.

–Su coche está aquí mismo, señor

–Gracias… Paul –contestó él, leyendo la discreta placa con el nombre del chico.

–Por aquí, señor, señora –el empleado abrió la puerta del acompañante del coche.

Era un coche grande, plateado y aerodinámico. Marina no sabía mucho sobre los últimos modelos, pero tenías que vivir en la luna para no darte cuenta de que aquella belleza habría costado más del doble que un salario medio anual. Y seguramente que sería único en Australia.

Por alguna razón ver aquel coche asustó tanto a Marina como su enfrentamiento con Wakefield.

–He dicho que me puedes bajar y lo digo de verdad –susurró ella con virulencia–. No voy a ningún sitio contigo. No sé quién eres. E incluso si lo supiera, ya estoy bien. Puedo marcharme a mi casa.

La sonrisa que Carlisle esbozó podría parecer íntima, pero ella, desde tan cerca, pudo ver el enfado que de repente reflejaban sus ojos.

–Está bien –dijo él–. Probablemente eso sea lo más sensato que hayas hecho en toda la noche.

De nuevo, Carlisle esbozó una expresión muy difícil de leer y a ella le invadió la aprensión.

–Pero –continuó él–. … no esperes ni por un segundo que te vaya a dejar deambular por ahí a estas horas de la noche, sola y manteniéndote en pie a duras penas, por no hablar de que no puedes conducir.

–No iba a conducir –espetó ella–. No soy tan estúpida.

–Yo te puedo llevar a tu casa con la misma seguridad que lo haría un taxi.

–¿Señor Carlisle? ¿Está todo bien? –preguntó el muchacho que esperaba sujetando la puerta del coche.

–¿Señor Carlisle? –repitió Marina. Había creído que ése era su nombre.

–Así es –dijo él, acercándose a su deportivo e introduciéndola dentro–. Ronan Carlisle.

Sonrió y le tomó la mano a Marina.

–Un placer conocerte.

Al sentir la breve presión de los dedos de él sobre los suyos, Marina sintió un cosquilleo por todo su cuerpo. Pero apenas se dio cuenta; estaba demasiado impresionada asimilando la identidad de aquel hombre.

Si la arrogancia que expresaba la cara de él ante sus protestas no hubiese bastado, su coche debería haber sido suficiente para que ella se diese cuenta. O la manera con la que el botones lo miró, como si fuera un héroe. ¡Y cómo lo habían mirado todas las mujeres cuando salieron de la recepción! Recordaba la excitación que habían reflejado sus rostros; se lo habían comido con la mirada.

Se echó para atrás en el lujoso asiento de cuero y trató de entender todo aquello.

–No te vayas a desmayar, Marina –le susurró cerca de la oreja mientras le abrochaba el cinturón.

–¡No me voy a desmayar! –se preguntó cómo se atrevía a insinuar eso. ¡Debía de tener un ego tan grande como el de Charles Wakefield!–. Simplemente estoy cansada –levantó la barbilla–. Y nunca dije que me llevaras a casa.

–Vamos, Marina, deja que te lleve a tu casa. Me pasaría toda la noche preocupado si te dejo ir sola.

Mirando la preciosa cara de Carlisle, Marina se preguntó por qué se había siquiera molestado en discutir. Se sintió exhausta y se entregó a lo inevitable.

–Gracias, lo agradecería.

Y así fue como Marina, todavía aturdida por el desastre de su encuentro con Wakefield, se encontró con que la llevaba a su casa el hombre más inquietante que jamás había conocido... Ronan Carlisle.

Capítulo 3

RONAN permaneció en silencio mientras se abrochaba el cinturón de seguridad y arrancaba el coche. No necesitaba mirar a su acompañante para saber que había agotado sus últimas fuerzas. A pesar de lo luchadora que era, Marina Lucchesi estaba a punto de desvanecerse. Estaba pálida y tenía bolsas bajo sus oscuros ojos.

¡Demonios! Estaba tan débil, que no debía estar levantada. Aquella mujer tenía más fuerza de voluntad que sentido común.

Cuando detuvo el coche en unos semáforos, la miró con curiosidad. Ella estaba mirando hacia el frente y se mordió el labio inferior. Él miró su boca antes de volver a prestar atención al tráfico.

Se preguntó quién sería ella. Se planteó si le tendría rencor a Wakefield porque había sido su amante; Ronan sabía que éste era un mujeriego. ¿O sería verdad lo que decía, que era la hermana de una víctima inocente de las sucias tácticas de Wakefield? Frunció el ceño. También se preguntó por qué iría vestida con aquellas ropas que camuflaban su figura. Había sentido las seductoras curvas de su cuerpo cuando la tomó en brazos y no le cabía ninguna duda de que merecía la pena acercarse más a Marina Lucchesi.

Nadie había hablado a Charles Wakefield como lo había hecho ella en mucho tiempo, si es que alguna vez alguien lo había hecho. Ronan aplaudía en silencio su coraje. Si no hubiese sido tan peligroso para ella, él se hubiese reído a carcajadas de la cara que se le quedó a Wakefield.

Ella había conseguido que Wakefield, extraño en él, no supiera qué decir. Aquella mujer tenía agallas. Y esa boca… la utilizaba como un arma.

A Ronan le gustaría verla utilizándola para otras cosas. Esos seductores labios maduros… tenían que ser lo más erótico que había visto nunca.

Cuando el semáforo se puso en verde siguió adelante. Oyó un ruido, no sabía si era un gemido o un sollozo.

–¿Qué es? –exigió saber, mirándola de nuevo.

–Sólo lo normal –respondió ella con sarcasmo–. Me estaba preguntando cómo he llegado a discutir con dos multimillonarios en la misma noche. Debe de ser un récord.

Él sonrió. Para sus adentros. Marina Lucchesi era muy interesante.

–No suelo pasar así los viernes por la noche –dijo ella tras suspirar.

–¿Y qué sueles hacer los viernes por la noche? –Ronan estaba realmente interesado. Marina era la mujer más intrigante que había conocido desde hacía mucho tiempo.

–No suelo cenar con la jet set.

–Había poca gente de la jet set –replicó él–. Había mucha gente que trabaja muy duro.

–Y también muchos personajes que no han trabajado un solo día de su vida.

Ronan dejó pasar aquello, ya que habían asistido también los típicos parásitos amantes de las fiestas gratuitas.

–Deberías habérmelo dicho –dijo ella tras un momento de silencio.

–¿Decirte qué?

–Quién eres –contestó rotundamente–. Me siento como una completa idiota.

–No entiendo por qué –Ronan siempre trataba que su cara y su nombre se mantuvieran alejados de la prensa. Le gustaba su relativo anonimato. No quería que lo reconociesen.

Pero el silencio de ella era acusador.

–Quizá tengas razón –admitió él–. Te lo podía haber dicho antes. Pero no se me ocurrió al principio… estaba demasiado ocupado preocupándome por si te desmayabas.

–¿Y después…? –persistió ella.

Aquella era una buena pregunta. ¿Por qué no se lo había dicho? Su franqueza y su obvia debilidad habían despertado en él un instinto de protección. Así como sus hormonas.

–Era agradable hablar con alguien que no medía todo lo que decía, que no se preocupaba por impresionarme. Pero no te debes castigar por lo que ha pasado esta noche –dijo él, ya que sabía lo destrozada que estaría por haberse enfrentado a Wakefield–. ¿Por qué crees que Wakefield estaba tan preocupado? No podía hacer que te callaras. Sabía que tenías la entereza de causarle problemas.

–Pero eso no ayudó, ¿verdad que no? Él se ha salido con la suya y no hay nada que yo pueda hacer. Absolutamente nada.

A Ronan le pareció que le temblaba la voz. Se dispuso a detener el coche en el bordillo.

–¿Por qué paras el coche?

–Estoy esperando las instrucciones –contestó él–. No sé dónde vives.

–Oh –dijo ella, esbozando una graciosa mueca con sus labios que le hizo a Ronan muy difícil volver a mirarla a los ojos–. Dirígete hacia el norte. Da lo mismo si vas por el puente o por el túnel. Pero si vas en otra dirección me puedes dejar en una parada de taxis.

–Yo también me dirijo hacia el norte –contestó él, mirándola fijamente–. Dime dónde vives y échate para atrás y cierra los ojos. Parece que estás exhausta.

Marina frunció el ceño y él supo que aquello no era lo que ella había querido oír. ¿A qué mujer le gustaría?

–Maldita sea –susurró ella al intentar arreglarse el pelo.

–¿Qué pasa?

–No tengo horquillas –farfulló, dejando su pelo caer de nuevo.

Él sintió que le invadía de nuevo un sentimiento de protección y casi se acercó a ella para tocarla. Suponía que era sólo el orgullo lo que la mantenía entera en aquel momento.

–Dame tu dirección –repitió él–. Te llevaré a tu casa.

No sabía qué la había despertado, pero supuso que no había sido el coche al detenerse. Le pareció que llevaba aparcado un rato antes de que ella abriera los ojos y viera que estaban junto a su casa.

Todo estaba muy oscuro y apenas podía ver a Ronan, pero sabía que la estaba mirando. Y la intensidad con que lo estaba haciendo hizo que se le pusiera la carne de gallina.

–Deberías haberme despertado –dijo. A pesar del sofocante aire veraniego se estremeció.

–Acabamos de llegar –aclaró él–. Y pensé que no te vendría mal descansar unos minutos más –dijo, saliendo del coche.

Se acercó a la puerta del acompañante y la abrió, mientras que ella intentaba desabrocharse el cinturón de seguridad. Lo miró. Pudo ver lo alto que era y lo anchos que tenía los hombros. Proyectaba un aura de dominación. Referirse a él como atractivo era demasiado poco.

Simplemente con mirarlo se le desbocaba el corazón.

–¿Marina? –dijo él, acercándose y tomándola en brazos para sacarla del coche.

El calor que desprendía su cuerpo, el aroma a hombre y la fuerza de sus brazos ya le eran familiares. Casi bienvenidos. ¡Debía de estar loca!

–Me puedo poner de pie, gracias –dijo, pero su voz denotaba que estaba sin aliento.

Él la ignoró y la acercó hasta la puerta principal con la misma facilidad que si fuese un niño.

A toda prisa, Marina sacó la llave y la introdujo en la cerradura.

–Muchas gracias –le dijo, mirándola a la cara, pero evitando sus ojos–. Estoy muy agradecida de que me hayas traído. Mucho mejor que esperar a un taxi –susurró.

–Ha sido un placer –respondió él en un tono bajo que hizo que ella se estremeciera. Empujó suavemente la puerta y entró en la casa. Marina encendió la luz de la entrada–. ¿Por dónde te llevo?

–Ahora que ya estoy en casa, estoy bien –contestó ella, retorciéndose entre sus brazos como si pudiera hacer que la soltara–. Puedo mantenerme en pie.

–Marina –Ronan se detuvo y la miró–. No tienes

por qué preocuparte, te lo prometo. Lo que quiero es ver que estás a salvo metida en la cama.

Claro que eso era todo. Un hombre como él nunca estaría interesado en una mujer como ella. Incluso si fuese un donjuán como Wakefield, ella no tenía nada que temer. No era guapa, ni glamurosa ni sexy. Ni siquiera tenía experiencia.

Ronan simplemente sentiría pena por ella porque se había humillado delante de la élite de los negocios de Sidney. Y porque no conseguía que sus malditas piernas anduvieran correctamente.

Señaló con la barbilla hacia el fondo del vestíbulo.

—La tercera puerta a la izquierda es mi dormitorio —dijo, negándose a mirarlo.

Él se detuvo en la puerta y una vez más ella alargó la mano para encender la luz. Una tenue luz iluminó la acogedora habitación. Marina casi suspiró al ver la cama.

Le dolían todos los huesos de su cuerpo por el cansancio que sentía. Ronan la dejó sobre la cama, con tanta delicadeza como si ella fuese un trozo de cristal.

—Siento haberte contestado de esa manera —dijo ella mientras él miraba la habitación.

Pudo ver cómo se quedaba mirando las muletas y las medicinas que había en su mesilla de noche.

—Ha sido grosero por mi parte. No creo que hubiese podido volver sin tu ayuda.

—¿No hay nadie más en la casa? ¿Nadie que te pueda ayudar? —quiso saber él, ignorando la gratitud que había mostrado ella.

—Vivo sola —aclaró—. Y puedo cuidar de mí misma.

Ronan frunció el ceño, evidencia de que no la creía, ante lo que ella prosiguió hablando.

—Mi hermano vive a diez minutos en coche —indicó

el teléfono que había en su mesilla de noche–. Si necesito algo, siempre puedo telefonearle.

–Está bien. ¿Necesitas alguna medicina? –preguntó él tras mirarla durante un rato en silencio.

Marina miró hacia la caja de pastillas. No le gustaba tomarlas, ya que la dejaban aturdida, y estaba segura de que aquella noche no las necesitaría, ya que estaba tan cansada que, en cuanto su cabeza tocara la almohada, se dormiría. Pero nunca podía estar segura.

–Sería estupendo si me pudieses traer un vaso de agua. La cocina está al final del pasillo y los vasos…

–Los encontraré –dijo él mientras se daba la vuelta.

En cuanto Ronan se marchó hacia la cocina ella se sintió mejor; sin la tensión de tener que aparentar ser autosuficiente. Se dispuso a dirigirse al cuarto de baño, ya que la inestabilidad de sus piernas parecía haber disminuido.

Se acababa de lavar la cara y cepillar los dientes cuando oyó que Ronan había vuelto a su habitación.

–Te dejo el agua en la mesilla de noche –dijo él en tono bajito desde el otro lado de la puerta–. ¿Necesitas ayuda?

–No. Ya estoy bien –contestó, prefiriendo quedarse en el cuarto de baño que ver aquellos penetrantes ojos de nuevo–. Muchas gracias por tu ayuda. Si no te importa, cierra la puerta principal con fuerza cuando salgas. Tiene un sistema de seguridad que la bloquea sola.

Hubo un momento de silencio.

–Me acordaré –dijo finalmente él.

–Gracias otra vez… –no sabía cómo referirse a él–. Entonces buenas noches –dijo finalmente, pero no hubo respuesta. Él ya se había marchado.

«Ves, sólo sentía pena por ti. Ahora que ya estás segura en casa no ha podido esperar para marcharse», se dijo a sí misma.

Cuando salió del cuarto de baño, la habitación estaba oscura y vacía. Sólo estaba encendida la lamparita de la mesilla de noche. Él había apagado la luz del techo para que no lo tuviera que hacer ella.

Ronan Carlisle era muy atento, pero también testarudo y muy atractivo. Marina bostezó y buscó su camisón bajo la almohada. Se desnudó y se lo puso, disfrutando por la sensación que éste le causaba, ya que era de seda y muy suave.

Se acercó para tomar las muletas. Tenía que sacar fuerzas de donde fuera para ir a comprobar la puerta principal o no sería capaz de dormir.

–Trae, déjame –dijo Ronan de repente, asustándola y haciendo que se le acelerara el corazón… por el susto que le había dado… o por excitación.

Entró en el dormitorio llevando una taza en una mano y agarrando las muletas. Puso la taza sobre la mesilla de noche y se acercó a ella, tomándola por el codo.

–¿Dónde quieres ir? –preguntó, acercándole las muletas, pero ella no podía apartar la mirada de su cara; sus profundos ojos azules tenían un brillo especial, lo que hacía que a ella se le derritieran hasta los huesos.

Pero aquel brillo desapareció de repente para mostrar sólo una educada preocupación.

–¿Marina?

–Pensaba que te habías ido. Iba a comprobar que hubieses cerrado bien –dijo ella, deseando haber tenido un albornoz para poder taparse.

–Vamos, no deberías estar de pie –dijo con severidad y con una dura expresión, como si temiera tener que tomarla en brazos de nuevo cuando le fallaran las piernas.

Pero no eran las heridas las que en ese momento estaban haciendo que le temblaran las rodillas. Era algo distinto. Algo nuevo… era el deseo.

Ronan la acompañó a su cama y una extraña tensión se apoderó del cuerpo de ella cuando la ayudó a acostarse. Aguantó la respiración ante los escalofríos que le subieron por las piernas.

Pensó que Ronan también debía estar sintiendo su incontrolable temblor. Fervientemente deseó que pensara que era por su debilidad y que no se diera cuenta de que era una reacción a que él la estuviera tocando.

—Por favor… —ante su estupor, su voz sonó como una ronca súplica, revelando el poco control que tenía sobre su cuerpo—. Por favor, yo… —dejó de hablar cuando Ronan levantó la cabeza.

Tenía una dura expresión y sus ojos denotaban voracidad; brillaban de tal modo, que la pusieron nerviosa.

—Como me lo has pedido tan amablemente, Marina…

Ronan se tendió en la cama. El calor que desprendía su cuerpo abrasó a Marina, que alzó las manos para pedirle que se levantara de allí.

Pero él se inclinó hacia ella, que lo detuvo colocando las manos en su pecho, sintiendo los sólidos músculos que había debajo y cómo le latía el corazón.

Trató de concentrarse en apartarlo. Pero de alguna manera sus dedos comenzaron a acariciarlo, sintiendo cómo una sensación abrasadora le subía por los dedos, por las palmas de las manos y por todo su cuerpo… nublándole los pensamientos.

Paralizada por una marea de deseo, Marina sintió

cómo él colocaba las manos sobre sus hombros desnudos y al sentir su piel contra la suya se estremeció.

Aquello era peligroso. Demasiado peligroso.

Tenía que protestar, encontrar las palabras adecuadas para detener aquella locura.

Pero Ronan se acercó aún más hacia ella y su mente quedó en blanco.

Capítulo 4

LOS LABIOS de Ronan estaban calientes, eran fuertes y exigentes. Cuando la tocaron, Marina desistió de cualquier intento de resistirse.

De repente, lo supo con toda certeza; aquello era lo que quería.

Él introdujo la lengua en su boca y ella se vio consumida por llamaradas. La apoyó en las almohadas, y se echó sobre ella.

El beso de Ronan no denotaba dudas. Sólo una urgencia que debería haberla asustado. Se sintió consumida por su fuerza, por lo implacable que era, por su absorbente energía.

Pero Marina no estaba asustada. Se regocijó sintiendo la dureza del fuerte cuerpo de él contra el suyo, sintiendo cómo le acariciaba con la lengua la suya y sintiendo el sabor de él en su boca. Seguro que aquel sabor erótico que tenía él era adictivo, así como el picante aroma de su piel, que la estaba dejando sin sentido.

No había nada de aquel hombre que ella no quisiera, que no *necesitara*.

Le encantaba la sensación del torso de Ronan ejerciendo presión sobre ella y sentir su peso; ambas eran unas sensaciones muy reconfortantes y tentadoras.

El deseo le invadió el cuerpo, haciendo que sus

músculos se debilitaran, haciéndola flexible en sus brazos.

Él le acarició las mejillas, el pelo, sujetándole la cabeza para así poder besarla más intensamente. Ella lo recibió con emoción, devolviéndole beso tras beso y sintió cómo la pasión se apoderaba de ella. Se arqueó, deleitándose con la sorprendente sensación de sentir el pecho de él aplastando sus pechos.

Pero todavía quería más.

Cuando él le acarició un hombro, ella se estremeció, todas sus terminaciones nerviosas se excitaron al sentir la caricia de él. Tembló cuando exploró su cintura y no pudo evitar retorcerse sinuosamente.

Él bajó la mano, acarició su cadera para a continuación bajarla aún más. Ella perdió la cordura.

Ronan deslizó la mano por su muslo, y ella se puso rígida. Empezó a recuperar la razón entre la niebla del deseo en la que estaba sumergida. Entonces la prudencia se apoderó de ella. Y después el miedo.

En vez de abrazarse a su camisa, ejerció presión con las manos, desesperada por alejarlo de ella.

Durante un segundo él no se movió. Pero dejó de acariciarla.

Entonces, tras acariciarle la lengua seductoramente con la suya, se apartó de ella.

Marina tomó aire, angustiada ante las sensaciones de alivio y deseo que se habían apoderado de ella. Todavía podía sentir el sabor de él en sus labios.

Se convenció a sí misma de que estaba aliviada de que él hubiese parado. Había hecho lo correcto apartándolo de ella.

Deseaba que nunca hubiese permitido que aquello ocurriera.

La excitación le invadía el cuerpo, pero fue la sensación de vergüenza la que hizo que le ardieran las mejillas y se ruborizara.

No podía mirarlo a los ojos.

—No quiero… —comenzó a decir, pero el dedo que Ronan le puso sobre los labios le impidió continuar.

—Pues claro que no quieres.

Asustada, levantó la mirada, pero él ya se había levantado y se estaba dando la vuelta.

Ella no se arrepentía de los escrúpulos que había tenido a última hora. Claro que no. Como tampoco estaba disgustada por cómo él había estado tan dispuesto a finalizar el beso.

Aquel sensual y extraordinario beso de los que sólo se disfruta una vez en la vida.

De nuevo, tomó aire profundamente para calmarse.

Cuando Ronan llegó a la puerta, se dio la vuelta para mirarla, pero su cara estaba en la sombra, ya que sólo alumbraba la luz de la lamparita. Marina no podía ver su expresión. Lo único que podía ver era el enigmático brillo de sus ojos.

Sólo eso fue suficiente para que a ella la invadiera de nuevo el deseo y la necesidad.

—Buenas noches, Marina —dijo con una voz carente de cualquier tipo de emoción—. Me aseguraré de que la puerta principal se queda bien cerrada cuando salga.

Marina, con el corazón acelerado, se echó sobre las almohadas. Oyó cómo Ronan cerraba la puerta principal.

Entonces el silencio se apoderó de la casa. Excepto por el sonido de la sangre agolpándose en sus oídos.

Se tocó las mejillas y se dio cuenta de que tenía la cara ardiendo. Estaba tan agitada como si hubiese estado corriendo para salvar su vida. Sus pezones estaban duros y sensibles.

Podía sentirlo en su lengua, sentir sus poderosas manos sobre su cara y sobre su pelo. Y más abajo, más profundamente, donde la sensación de necesidad todavía la tenía agitada, notó el abrasador líquido caliente del deseo.

¡Así que aquello era lujuria!

Le había llevado demasiado tiempo sentirlo. Tras pasarse toda la vida cuidando de su familia, de su casa, por fin había descubierto la tentación, encarnada en un atractivo hombre.

¡Y qué hombre!

Si la situación no fuese tan espantosa se reiría. O eso o rompería a llorar.

Se preguntó cómo podía haberse dejado caer en la urgencia de aquel loco deseo que se había apoderado de ella cuando la había tocado. Se había comportado de una forma patética.

Nada la había preparado para sentir todas aquellas emociones, aquel deseo.

Su única esperanza era que él hubiese atribuido su reacción a la tensión a la que había estado sometida, a su debilidad física.

Pensó que la habría besado por curiosidad. O todavía peor; por pena.

Cerró los ojos para contener las lágrimas que le afloraron por la vergüenza que sentía.

Por lo menos había tenido la decencia de detener aquello. Él se había apartado al ver que era lo que ella quería, pero sabía que, si él hubiese seguido con su sensual actitud, aquello habría finalizado de forma muy distinta.

¡Si se hubiese parado a pensar en vez de dejarse llevar por el deseo! Si le hubiera rechazado, no sentiría su orgullo tan herido. Pero ni siquiera le quedaba ese consuelo.

No habían sido ni la moralidad ni la prudencia lo que la había hecho apartarse de él. Simplemente se había dado cuenta de que en cualquier momento él introduciría la mano bajo su camisón y descubriría la cadena de cicatrices que desfiguraban su muslo. Estaba lisiada.

Incluso si lo que había llevado a Ronan Carlisle a besarla había sido la pena, no sentiría tanta por ella como para soportar aquello. Cualquier hombre al ver su pierna retrocedería.

Por lo menos había una cosa buena; sus heridas habrían repugnado a Ronan, así que por lo menos había escapado a la humillación final.

Nunca le tendría que revelar a un hombre con toda la experiencia que tendría él y con las expectativas que albergaría que ella, con veinticuatro años, todavía era virgen.

El día siguiente amaneció caliente y soleado. Pero Marina se duchó y desayunó cuando ya era tarde. No había dormido bien y el perturbador recuerdo de Ronan Carlisle garantizaba que iba a tardar incluso más de lo normal en hacer sus cosas. Desesperada, lo apartó de su mente.

Justo cuando salía por la puerta, tras haberse arreglado, el teléfono sonó. Sería Seb.

Se acercó a contestar, pero se paró en seco cuando saltó el contestador automático y la profunda voz que había hecho eco en sus confusos sueños llenó la habitación.

–Marina, soy Ronan Carlisle. Tenemos que hablar. Sé cómo puedes recuperar tu compañía.

Ronan hizo una pausa y a ella se le agarrotaron los músculos del estómago. Tragó saliva y se acercó para apoyarse en una silla. Consternada, sintió cómo la invadía la aprensión.

Y peor todavía… una llamarada de excitación que no deseaba sentir. Y entonces él continuó hablando suavemente.

–Llámame. Tengo una propuesta que hacerte.

Capítulo 5

RONAN se echó para atrás en su silla y dirigió su mirada hacia la entrada del restaurante.

Había llegado antes de lo previsto. Deliberadamente. Sonrió, saboreando la importante negociación que iba a realizar.

Marina Lucchesi. No tenía ninguna duda de que sería obstinada. Y crítica.

Sintió un cosquilleo en el estómago. Inmediatamente reconoció lo que era; nervios por lo que iba a pasar. Lo había sentido la noche anterior y aquella misma mañana, cuando se había despertado y se había quedado tumbado pensando en Marina.

Había sido tan apasionada, le había respondido de tal manera… que él tenía ganas de más.

Había tenido que utilizar toda su fuerza de voluntad para apartarse de ella. Incluso en aquel momento, al recordar la generosa sensualidad de ella, casi le dolía el sexo. Pero no había sido el momento. No debía haber dejado que las cosas llegaran así de lejos tan rápidamente.

Esperaría a que llegara el momento oportuno. Marina merecía la pena.

Cuando había hablado por teléfono ese mismo día para quedar para comer, había notado en la voz de ella que no quería verlo. Quizá estaba avergonzada por la manera como le había respondido. Las mujeres tenían algunas ideas muy raras.

¿O habría otra razón? A pesar de todo lo que había aprendido sobre ella, Marina Lucchesi seguía siendo un enigma.

Tenía seguridad en sí misma y era sumamente apasionada. Pero había algo extraño en ella.

Cuando se besaron, por un instante ella pareció asustada, poco dispuesta. Parecía... insegura, incluso patosa, como si no supiera de aquello.

Agitó su cabeza al pensar en lo absurdo que era aquello. Después de unos segundos lo había besado con un fervor que hizo que todo él se revolucionara. Realmente era muy sexy.

Sabía que ella recelaba de verlo, pero a la vez estaba desesperada. Y la desesperación ganaba a la cautela. Él contaba con eso.

Algo que se movió en la calle llamó su atención. Se enderezó al verla venir por una de las avenidas. Iba sin muletas. Andaba despacio pero a un ritmo constante.

Iba peinada para atrás con una trenza. Y llevaba... ¿qué era aquello? Era como una especie de túnica, dos tallas más grande que la que debería usar ella y diseñada para una mujer de mediana edad.

Ronan frunció el ceño, preguntándose qué mensaje se suponía que debía darle aquella ropa. ¿Que mantuviese las manos quietas?

Sonrió y pensó que ya era demasiado tarde para eso.

Al verla acercarse su cuerpo reaccionó, el deseo le ardía por dentro.

Seguramente Marina no se había dado cuenta de que aquel saco se transparentaba cuando se miraba a contraluz. Se le aceleró el pulso. Aquel camuflaje sólo hacía aumentar el erotismo de aquella mujer. Sabía de primera mano que tesoro trataba de esconder.

Disfrutó viéndola acercarse hacia él. Pero cuando ella llegó al restaurante, él se echó para atrás en la silla y esbozó una fría expresión en su cara.

Marina se detuvo en la sombra para respirar profundamente.

Parecía que Ronan Carlisle estaba muy seguro de que tenía la solución a sus problemas. Pero en realidad lo seguro era que no había solución. No después de la manera como ella había estropeado todo con Wakefield.

Se preguntó cómo podría mirar a la cara a Ronan tras el desastre de la noche anterior. Se acaloró con sólo recordar lo que había pasado. Su orgullo insistía en que ignorara aquella cita.

Pero las obligaciones familiares le dictaban que tenía que acudir.

La tentación de darse la vuelta y salir corriendo era grande. Su conciencia le decía que Ronan Carlisle le traería problemas. Pero no tenía más opción. Se reuniría con el mismo diablo si hubiese alguna posibilidad de sacar a su hermano del lío en el que se encontraba.

Tendría que fingir que lo que había pasado en su dormitorio no había ocurrido. Después de todo, sólo había sido un beso. Una experiencia sensual y catastrófica para ella. Pero para Ronan Carlisle probablemente no significaría nada.

Abrió la puerta del restaurante y se quedó allí de pie. Cuando lo vio, sintió cómo el calor se apoderaba de ella e hizo que se quedara allí de pie. Cuando él la miró a los ojos, algo parecido a la excitación le recorrió la espina dorsal. ¿O era aprensión?

Una camarera la llevó hasta la mesa. Ronan Carlisle se levantó. Le tendió la mano como si aquello fuese otra de sus reuniones de negocios, como si no la hubiese abrazado la noche anterior ni la hubiese besado hasta que ella perdió el control. Se ruborizó cuando él tomó su mano. De alguna manera, la forma en que lo hizo parecía íntima.

Él era tan atractivo como ella recordaba. Parecía un modelo de portada de revista.

–Marina, me alegra que hayas podido venir –murmuró con un tono de voz bajo que hizo que ella se estremeciera.

–Señor Carlisle –dijo ella, recordándose a sí misma que aquello eran negocios. Si fingía que nada había pasado entre ambos, él tendría que seguirle la corriente–. Es muy amable por su parte haber encontrado un hueco para mí.

Ronan sonrió abiertamente, con la diversión que sentía reflejada en la cara.

–No hay necesidad de que seas tan formal –dijo, apretándole la mano. Ella se quedó sin aliento–. Llámame Ronan.

–Gracias –dijo ella, asintiendo con la cabeza mientras apartaba la mano.

Se sentó en la silla que sujetaba él y colocó el bolso a su lado. Cuando se dio la vuelta para mirarlo, Ronan estaba echado para atrás en su silla, mirándola perezosamente.

Aquella indolencia enfadó a Marina. Por mucho que todo aquello fuese divertido para él, por muy tonta que ella hubiese sido derritiéndose en sus brazos, aquella reunión era importante. Su futuro y el de Seb dependían de ella.

–¿Cómo te encuentras hoy, Marina?

–Mucho mejor, gracias –cuanto antes dejaran el

asunto de su salud apartado, mejor–. ¿Has dicho que tenías una proposición que hacerme?

–¿No necesitas hoy las muletas?

–No –Marina lo miró, pero la expresión de éste no reflejaba más que educación. Respiró profundamente, recordándose que aquel hombre podría ayudarles–. Ya casi no necesito las muletas –él fue a decir algo, pero ella se apresuró a seguir hablando; no quería hablar sobre sus heridas–. Me sorprendió tu llamada. No entiendo qué puedes hacer para ayudarnos.

Carlisle levantó una ceja, recordándole el inmenso poder que tenía. Si él se dignaba a ayudarles, quizá las cosas podrían funcionar.

–Ten un poco de fe, Marina. Y mientras tanto… –Ronan miró a la camarera, que apareció detrás de ellos– pidamos la comida.

Marina se dio cuenta de que no había quien hiciese cambiar de opinión a Ronan. Era un hombre acostumbrado a hacer lo que quería. La había invitado a comer… y eso harían. Le costó seguir allí tranquila y fingir que aquello era normal.

Él, por un lado, estaba muy relajado. Era el perfecto anfitrión. Sacó temas de conversación y contó algunas anécdotas que la hicieron reír a pesar de la tensión que sentía.

Cuando les llevaron los mariscos, Marina se dio cuenta de que estaba hambrienta. La noche anterior había estado demasiado nerviosa como para comer y por la mañana sólo había tomado un té y una tostada.

–*Bon appetit* –murmuró él, levantando su copa de vino hacia ella.

Ella respondió automáticamente, pensando por un momento que quizá hubiese otra razón por la que él la había invitado a comer.

–Por el éxito de nuestro plan –brindó él.

–Por una segunda oportunidad –corrigió ella.

El vino blanco estaba frío y le calmó la garganta, que tenía muy seca, cuando bebió un sorbo. Bebió otro sorbo y casi suspiró de alivio cuando Ronan Carlisle puso su vaso sobre la mesa y miró su plato.

De repente, la tensión que se había apoderado de ella se disipó.

Luchando contra las ganas de mirarlo, centró su atención en la comida. Antes o después, él explicaría su brillante idea.

–He estado investigando un poco desde que te dejé en tu casa –dijo finalmente él–. Y conozco un poco de tu situación.

Ronan tenía toda la atención de Marina.

–Pero necesito saber más.

–Dijiste que sabías cómo podíamos recuperar la empresa.

Él asintió con la cabeza.

–Te lo explicaré cuando llegue su momento. Primero quiero asegurarme de que entiendo las circunstancias completamente. Mis contactos sólo me pudieron dar un poco de información ayer por la noche.

–¿Los llamaste ayer por la *noche*? –Marina recordó que cuando la había dejado era casi medianoche.

–No sólo se trabaja de nueve a cinco –dijo él, como si medianoche fuese una hora perfectamente razonable para telefonear a contactos financieros.

–¿Qué es lo que sabes?

–Que nuestro amigo Wakefield está en el proceso de adquirir otra compañía. Una compañía de transportes de tamaño mediano que es bastante rentable –dijo, mirándola a los ojos–. La compañía se llama Marina. Y es propiedad de una familia llamada Lucchesi.

—Así es —dijo ella rotundamente—. Mi padre creó la empresa de la nada. Pero ahora somos mi hermano Sebastian y yo los dueños —respiró profundamente—. O lo éramos...

—Hasta que apareció Charles Wakefield en escena —dijo él.

A Marina le pareció percibir compasión en su tono de voz, cosa que no necesitaba. Necesitaba acción.

—Seb le debe a Wakefield mucho dinero —dijo bruscamente—. La compañía era la garantía que puso mi hermano. Wakefield exige que paguemos todo lo que se le debe. Inmediatamente. Legalmente él tiene razón —Marina tragó saliva para tratar de quitarse el amargo sabor a injusticia que tenía—. Seb ha tratado de conseguir el dinero por todos los medios, pero no puede conseguir tanto.

—Así que Wakefield se queda con la empresa.

—No veo nada que tú puedas hacer —espetó—. Pensé que si hablaba con Wakefield podría ser capaz de persuadirle para que nos diera más tiempo. Podríamos pedir un préstamo... vender algunos de los activos de la empresa.

Aunque aquello supusiera destruir la empresa. Nunca se recuperarían financieramente.

—Pero ahora ya nunca accederá a ello. No después de lo que le dije —Marina se estremeció. Se le revolvió el estómago al recordar el desastre de la noche anterior.

—Ve más despacio, Marina —Ronan le acarició la mano tranquilizadoramente. Ella sintió un cosquilleo por su piel. Pero sabía que aquello no significaba nada para él—. Cuéntame qué pasó.

Marina esbozó una mueca con la boca al pensar en dejar al descubierto la ingenua estupidez de su hermano ante aquel hombre. Trató de apartar su mano, pero él no se lo permitía.

—Cuéntame —insistió él.

Marina miró la mano de él sobre la suya y sintió cómo el calor le invadía todo el cuerpo.

—Mi padre quería que Seb tomara las riendas de la empresa —dijo por fin.

—¿Y tú?

Ella alzó la mirada y vio que él estaba mirándola muy de cerca… tan de cerca, que ella no se podía concentrar en nada más que no fuera él. De nuevo se le aceleró el corazón. Le miró los labios, que parecían esculpidos. La envolvió el deseo… ¡Tenía que concentrarse!

—Yo soy contable. Trabajo en el equipo financiero de la empresa y soy una de las directoras de la compañía —no tenía que decirle que durante el último año más o menos había estado dirigiendo la empresa junto con su padre—. Mi padre murió hace unos meses en un accidente de tráfico.

El tono de voz de Marina no dejaba entrever ninguna sensación, pero él le apretó aún más la mano para transmitirle calidez. Se había quedado fría.

—Y tú resultaste herida en el mismo accidente —no era una pregunta—. Dime, ¿hace cuánto que saliste del hospital?

—Eso no tiene importancia.

—Me gustaría saberlo —dijo él con suavidad, acariciándole los nudillos con su dedo pulgar.

Aquel pequeño movimiento hizo que ella sintiera una ola de seducción que le subía por la mano hasta el brazo. Algunas de sus débiles defensas se quebraron.

—Hace dos semanas salí de rehabilitación. Y puedo

cuidar de mí misma. He cuidado de mi padre y de Seb desde que tenía trece años.

—¿Y ahora quién está cuidando de ti?

Furiosa, apartó su mano de la de él. En esa ocasión, Ronan le permitió hacerlo.

—Estoy perfectamente bien sola. Seb no puede estar siempre a mi entera disposición. Tiene una esposa.

—¿Se ha casado con veintiún años?

Ronan debía de tener una memoria sensacional para acordarse de aquel detalle.

—Estaban enamorados —y, según le había asegurado su padre, casarse con Emma era lo que Seb necesitaba para sentar la cabeza—. Pero no veo por qué necesitas saber todo esto.

—Porque me gusta saber en lo que me voy a meter —respondió él, con una expresión seria—. Entonces… tu hermano y tú ahora sois los dueños de la compañía. ¿Y…?

—Mi padre había fallecido y yo estaba en el hospital —Marina se sintió de repente muy cansada—. Mi hermano estaba ansioso por hacerlo lo mejor que pudiese. Quería probarse a sí mismo.

Nunca se había dado cuenta de lo mucho que Seb quería llegar a ser como su padre.

—Incluso antes del accidente él había estado trabajando en algunos planes para expandir la empresa. Había creado algunos contactos nuevos y había hablado de que le prestaran dinero mientras el mercado estaba bien. Era un buen plan… si lo hubiese hecho bien.

—Pero no lo hizo —afirmó Ronan.

Ella agitó la cabeza, sintiendo de nuevo esa sensación de angustia por las náuseas que le causaba la gran estupidez de su hermano.

—Algunos de sus nuevos contactos de negocios resultaron ser muy ricos. Se celebraron varias fiestas que duraban todo el fin de semana para hacer grandes apuestas. A Seb lo invitaron a algunas.

Todavía no entendía cómo su hermano, con lo guapo y ambicioso que era, se había relacionado con ese tipo de personas.

—Charles Wakefield fue el anfitrión de una fiesta para apostar sobre carreras de caballos —continuó—. Emma estaba fuera, así que Seb fue solo. Apostó hasta que perdió todo lo que pudo. Pero entonces Wakefield le persuadió para que se quedara más tiempo. Después, cuando Seb ya había bebido demasiado, Wakefield mencionó lo fácil que sería conseguir el dinero para la expansión si ganaba.

Marina respiró profundamente y prosiguió hablando.

—Seb sabía que no le quedaba dinero para apostar, pero Wakefield le aseguró que no pasaba nada. Dijo algo sobre acuerdos entre caballeros.

¡Y en el estado de embriaguez en el que estaba, Seb le había creído!

—Mi hermano perdió. Y al día siguiente Wakefield le dijo que había puesto a la empresa como garantía. Que lo había firmado.

—¿Era seguro que era su firma? —Ronan Carlisle se acercó a ella, el único gesto que mostró de animación.

—Oh, sí. Era la suya —dijo con amargura—. Wakefield no dejó escapar ningún detalle. Resultó que uno de sus abogados estaba allí y lo presenció todo. El documento es legal… lo hemos comprobado. Y Wakefield tenía testigos que pueden testificar que Seb sabía lo que estaba haciendo cuando firmó el documento.

—¡Vaya mal nacido!

—Exactamente.

Marina miró su plato y vio lo que quedaba de comida, que se había quedado fría. Se estremeció y lo apartó. ¡Si todo aquello hubiese sido un mal sueño!

—Pero la compañía es de ambos. Tu hermano no podía firmar algo que no era sólo suyo.

—¿Y qué podía haber hecho yo? —exigió saber ella, furiosa—. ¿Ver cómo él sufría con una deuda que nunca sería capaz de pagar? ¿Tenerlo en la lista negra por bancarrota?

Marina sentía cansancio en cada hueso de su cuerpo. Estaba a punto de dejar de luchar... y eso la asustaba.

—Mi hermano apostó la empresa y otras cosas. Wakefield no aceptará ninguna alternativa.

—¿Así que vas a vender la casa de tu familia para ayudar?

—¿Cómo lo...?

—Te llevé en coche hasta tu casa ayer por la noche, ¿te acuerdas? Había un gran cartel que lo indicaba —hizo una pausa—. ¿Dónde vivirás cuando se venda la casa?

Marina se quedó mirándolo. Se preguntó qué le importaba a él dónde iba a vivir ella.

—Me preocuparé por eso cuando llegue el momento. Dijiste que sabías qué podíamos hacer para quedarnos con la compañía —provocó ella, esperando que él respondiera con evasivas.

Pero en vez de eso, Ronan la miró a los ojos y esbozó una leve sonrisa.

—Tienes un plan, ¿no es así? —dijo ella, que comenzó a sentirse más animada.

—Es poco convencional.

Ella se preguntó qué querría decir aquello.

—¿Es ilegal? ¿Es eso? —preguntó con recelo.

—No. Quizá sea creativo en lo que a los negocios se

refiere, pero siempre me muevo en el lado legal de las cosas.

Marina se preguntó por qué se estaría él molestando en todo aquello. Volvió a sentir desconfianza. Sabía a qué atenerse con Wakefield, que era un mujeriego, un canalla y un estafador. ¿Pero Ronan Carlisle? Sabía que era rico, innovador e inteligente. La noche anterior se había dado cuenta de que era sorprendentemente atento para ser tan rico como era. Su dura expresión escondía una apasionada e increíblemente sensual naturaleza. También se había dado cuenta de que besaba con la pericia e implacable erotismo de un ángel caído.

—¿Por qué te estás involucrando en todo esto? —preguntó entrecortadamente.

Él volvió a esbozar aquella sonrisita que hacía que a ella le diera un vuelco el corazón. Se acercó a ella. Su aroma la invadió… limpio, masculino y provocativo.

—Tu hermano y tú no sois los únicos que sufrís por estar en las manos de Wakefield.

Mantuvo silencio durante un momento, como eligiendo lo que iba a decir.

—Puede ser peligroso cuando quiere algo y los resultados pueden ser desastrosos.

Marina observó cómo la emoción se reflejaba en los ojos de Ronan. Creía que era dolor.

—Así que quieres vengarte —dijo ella.

—Tal vez —respondió él—. Pero, lo más importante, quiero que Wakefield esté tan ocupado trabajando para mantener su cabeza fuera del agua, que no tenga tiempo para destruir a nadie más.

Destruir. Era una palabra fuerte. Pero exactamente era eso lo que Wakefield estaba haciendo. Destruyendo el futuro de Seb y el suyo. Robando lo que su padre había ganado trabajando duro.

—¿Qué tienes en mente?

—Sólo funcionaría si cooperaras —advirtió él.

—Así que nos necesitas a mi hermano y a mí.

—No —dijo él, sin levantar la voz pero enfáticamente—. No necesito a tu hermano. Sólo a ti.

A Marina aquello la alteró… olía a peligro. Pero no se podía echar atrás.

—¿Qué tengo que hacer?

—Quiero que te conviertas en mi amante.

Capítulo 6

MARINA se echó para atrás como si la hubiesen abofeteado. ¿A qué estaba jugando Ronan?

Él la miró con arrogancia. Por un momento, ella dudó si le habría oído bien.

Entonces, apartó su silla. Pero la manera en la que él estaba allí sentado, tranquilo y sereno, le provocó. En vez de levantarse de la silla se acercó a él por encima de la mesa, consumiéndose por la furia y el dolor. Quizá había hecho el ridículo cuando él la besó, pero no se merecía aquello.

–Si ésa es la forma que tienes de ser gracioso, a mí no me hace gracia.

Ronan no respondió. Sólo la miró fijamente, examinándola como si fuera un escarabajo bajo un microscopio.

–Y si es una alusión a lo que pasó anoche... –apartó de su mente los recuerdos del cuerpo de él sobre el suyo, de sus persuasivos labios– puedes estar seguro de que no volverá a ocurrir.

–Esto no tiene nada que ver con lo que pasó anoche, Marina, aunque fue maravilloso –dijo él, empleando un tono muy seductor.

Ella se estremeció de placer, alimentando su enfado.

–Mi propuesta es poco convencional, pero *funcionará*. Te devolveré tu compañía... si cooperas conmigo.

–¡Sí, seguro! Siendo tu amante. ¡Me lo puedo imaginar!

–¿Por qué no? –Ronan se acercó a ella por encima de la mesa. Sus caras estaban muy juntas.

Furiosa, Marina sintió cómo reaccionaba su cuerpo ante él; un cosquilleo le invadió el cuerpo, así como una llamarada de calor. Se despreciaba a sí misma por aquello.

–¿Tu novio se opondría? ¿Es ése el problema?

Marina se dispuso a marcharse, pero él la tomó por la mano, impidiéndoselo.

–Suéltame –gruñó ella.

–En un momento. Cuando me digas por qué no funcionaría –Ronan hizo una pausa, analizando la cara de ella–. ¿Es porque hay algún hombre en tu vida? ¿Un amante?

Marina negó con la cabeza.

–¿Entonces cuál es el problema?

–Lo primero… –espetó ella– es que tu vida sexual no tiene nada que ver con Charles Wakefield y no me va a devolver la empresa. Y segundo… ¡es tan ridículo!

–¿Por qué es ridículo?

–Ya he tenido suficiente. Suéltame.

–Cuando me lo expliques.

Marina trató de soltarse, pero él se lo impidió.

–Yo no estoy hecha para ser la amante de nadie. Cualquiera puede verlo –dijo ella.

–Todo lo contrario –aclaró él en un tono sensual que hizo que ella se estremeciera–. Yo sí que te veo como mi amante.

Marina aguantó la respiración al pensar en lo que él proponía. Aquel hombre y ella. Teniendo intimidad. Algo dentro de ella se derritió cuando pensó en ello. Sus pezones se endurecieron y le invadió el calor.

–Siento no haberlo dejado claro, Marina –dijo él suavemente–. Debería haber dicho *fingir* que eres mi amante.

¿Fingir? Ella se quedó mirándolo, tratando de entender aquello.

–Si podemos convencer a Wakefield de que tenemos una relación… –murmuró él– se crearía la oportunidad que necesito. Contigo como cebo, puedo atraerlo hasta tal punto que devolveros vuestra empresa sea la menor de sus preocupaciones.

Estaba hablando en serio. Marina se quedó atónita. Lo que estaba sugiriendo él era de muy mal gusto. Agitó la cabeza.

–Yo no sería convincente –no lo sería si tenía que hacer el papel de *mujer fatal*. Aquella idea era ridícula–. Sea lo que sea lo que tienes en mente, no funcionará.

–Pues claro que funcionará. ¿No puedes confiar en mí? ¿Ni siquiera un poco?

Marina trató de calmarse. Lo que importaba era salvar la compañía de su familia.

–No confío en ti –dijo, sorprendida por lo calmada que parecía su voz–. Pero te escucharé.

–Bien –dijo él, soltándole la mano, ante lo que ella, consternada, echó de menos su calidez–. Iremos a algún lugar más privado para hablar sobre ello –dijo, levantándose y tomándola por debajo del codo.

Con sólo ese gesto logró que ella se estremeciera.

–Me ibas a explicar lo que tienes en mente –le recordó Marina cuando se sentaron en el salón de su casa. Él centró su atención en ella.

–Hace algún tiempo decidí que iba a actuar contra

Wakefield –dijo Ronan desapasionadamente–. Durante el último año, no ha sabido aprovechar bien las oportunidades que se le han presentado y eso, a pesar de su fortuna, lo hace vulnerable. Y sufrir una gran pérdida en el momento oportuno le dejaría desesperado.

Esbozó una sonrisa de depredador que asustó a Marina.

–Necesito una diversión con la que se entretenga mientras yo preparo la trampa –la miró a los ojos–. Y ahí es donde entras tú.

–Todavía no entiendo.

–Tú eres perfecta –aclaró él–. Tienes una razón para odiar a Wakefield, así que no caerás rendida ante sus encantos.

–¿Encantos? –dijo ella, asombrada–. Esa culebra tiene tanto encanto como un recaudador de impuestos.

–Le estás juzgando con el beneficio de lo que sabes de él. Es guapo y rico. Y, créeme, puede convencer a la mayoría de las mujeres de que es el hombre de sus sueños.

–¡A mí no!

–Precisamente por eso es por lo que te necesito.

Marina, perpleja, se echó para delante en la silla. Miró fijamente a Ronan, quien se sintió invadido por una llamarada por dentro.

Ella era como una diosa seductora, escondiéndose bajo aquellas ropas poco atractivas. Pero no podía ocultar la pasión, la voluptuosa feminidad que él había descubierto en ella. No había sido capaz de conciliar el sueño aquella madrugada pensando en su boca. Y aquel cuerpo…

Estaba muy tentado de olvidarse del sentido común y echarse sobre ella en aquel momento. Deseaba acariciarle las mejillas y besarla de manera apasionada.

Pero aquello sería un error. Se contentó pensando que pronto sería posible.

Tenía planes para Marina. Planes que no tenía intención de revelar en aquel momento.

Mientras tanto, había mucho que hacer. No le gustaba compartir sus sentimientos ni hablar sobre el pasado. Pero tenía que hacerlo si quería convencerla.

—Wakefield es peligroso —dijo—. Ha hecho daño a demasiada gente y hay que detenerle antes de que destroce más vidas.

Hizo una pausa, pensando en lo que era necesario contar.

—Nos conocimos en el internado —continuó finalmente—. El padre y el abuelo de Wakefield eran ex alumnos del mismo colegio. Pero yo era el hijo de un empresario; mi padre comenzó de la nada. Para Wakefield, eso nos hacía inferiores a ellos, pero yo estaba orgulloso de mi padre. Todavía lo estoy.

Ronan pudo observar cómo en la expresión de Marina se reflejaba la comprensión.

—Wakefield nunca me aceptó y yo nunca me doblegué ante él. Trató de convertir el colegio en un infierno para mí, pero yo me negué a marcharme. Una vez incluso trató de darme una paliza, pero no lo logró.

Pudo observar cómo Marina tenía la sorpresa reflejada en los ojos y algo más que no pudo identificar. ¿Desagrado?

—Tras aquello, fuimos rivales en todo; en los estudios, en los deportes, en lo que fuera –hizo una pausa, recordando los métodos brutales que empleaba Wakefield… hacía lo que fuese para ganar. Había sido un joven matón y no había mejorado con los años–. Y en nuestro último año, hubo una chica.

–¿Tu chica? –interrumpió Marina.

–No, la suya. Él rompió con ella. Ella fue la que sufrió, no él. Él estaba demasiado ocupado fanfarroneando por ahí…

Ronan observó que de nuevo Marina entendía y se hacía una idea de lo que pasó.

–El hermano de ella era compañero mío. Pero Charlie decidió que había algo entre ella y yo. Él no quería estar con ella, pero tampoco quería que yo lo estuviese. Y me advirtió de ello. Pero cuando lo ignoré se volvió peligroso. No nos podía hacer daño ni a ella ni a mí, pero estaba su hermano. Lo encontraron una noche; le habían dado una paliza y estaba sangrando. Dijo que no había reconocido a su atacante. Pero Wakefield se aseguró de que yo supiera que él lo había hecho. Cuando no había ningún testigo alrededor, desde luego.

–¡Estás bromeando! –gritó Marina ahogadamente–. Debía de estar loco.

–Se desquicia cuando le llevan la contraria –Ronan pensó que era un pena que al mal nacido no le hubiesen forzado a recibir ayuda profesional hacía años. Quizá eso hubiese ayudado a que no hubiese hecho tanto daño a personas inocentes.

El silencio se apoderó de la habitación mientras ella asimilaba lo que él había contado.

–Hasta hace poco no habíamos tenido mucho contacto –explicó Ronan–. Pero últimamente, por una serie de razones, le estoy vigilando. Incluso he asistido a varias de sus recepciones. Nuestros intereses comerciales están en diferentes esferas. O por lo menos lo estaban. Durante los últimos doce meses él ha estado pisándome los talones, tratando de expandir sus negocios a la industria del transporte.

Marina frunció el ceño al darse cuenta del significado de sus palabras. Él había tenido razón.

–Tú has creado la conexión –asintió él con la cabeza–. No es una coincidencia que quiera quedarse con vuestra empresa. Le gustaría convertirse en un serio competidor.

–¿Y eso te molesta? –preguntó ella, arqueando las cejas.

–Déjale que lo intente. Me fascinará ver cómo se las arregla en otro campo que no sea el inmobiliario.

–Hay algo más, ¿no es así? –preguntó Marina, frunciendo el ceño de nuevo.

Ronan dudó si revelarle toda la verdad. No sabía si podía hacerlo, ya que en el fondo ella era una extraña.

Se quedó mirándola, frunciendo el ceño, preguntándose si sería tan inocente como parecía. Su instinto le incitaba a confiar en ella. Pero… y si se equivocaba… No. No podía permitirse ese lujo. Estaban hablando sobre la vida de Cleo. No podía correr el riesgo.

–Wakefield le hizo daño a unas personas que me importan. Les hizo mucho daño –hizo una pausa–. Y no quiero que se lo vuelva a hacer.

–No soy cotilla –dijo ella como si nada–. Pero si hay más cosas que deba saber sobre Charles Wakefield me gustaría oírlas. Prefiero estar prevenida.

El sentimiento de culpabilidad se apoderó de él. Si le hubiese advertido a Cleo…

Al mirar a Marina, sintió que se apoderaba de él un sentimiento de protección muy fuerte.

–No te puedo dar los detalles. No es mi historia. Pero te puedo decir que tengas cuidado, porque Wakefield utilizará cualquier táctica para conseguir lo que quiere. Y lo que le pasó a mi… amiga fue adrede. La única razón por la que fue a por ella fue porque estaba relacionada conmigo.

Se metió las manos en los bolsillos de su pantalón.

–Suena melodramático, pero lo que empezó como una rivalidad entre colegiales se ha convertido en una peligrosa obsesión. Wakefield tiene la fijación de vencerme de la manera que sea.

–Ya… veo. ¿Pero cuál es mi papel en todo eso?

–La reputación de Wakefield como mujeriego es bien merecida –dijo Ronan bruscamente–. Y ésa es su debilidad. Una de las pocas cosas que le puede distraer de hacer dinero.

Ella asintió con la cabeza. La reputación que tenía Wakefield de casanova era conocida por todo el mundo.

–Durante los últimos años, ha tomado un particular interés por las mujeres con las que yo me he relacionado sentimentalmente. De vez en cuando incluso ha salido con ellas tras hacerlo yo. Ha ocurrido demasiadas veces como para que sea una coincidencia. Unas pocas incluso se han quejado de que él fue demasiado persistente, llegando incluso casi a acecharlas.

La confusión que sentía Marina se puso de manifiesto en la manera como fruncía el ceño.

–El interés que tiene en ellas, como el nuevo interés que está mostrando por los transportes, me dice que la vieja rivalidad que teníamos sigue viva en su mente. ¡Es tan predecible!

Miró a Marina. Aquel saco que llevaba por vestido

insinuaba sus curvas, haciéndola parecer una tentación escondida bajo un hábito de monja.

La necesitaba. Mucho. Pero tenía que andarse con cuidado.

Marina se quedó mirando aquellos hombros anchos que se encorvaron, como para combatir el frío… o la presión de aquellos dolorosos recuerdos.

¡Aquella historia sobre rivalidad y celos era tan rocambolesca! Apenas se la podía creer. En cualquier otra circunstancia, no lo hubiese creído. Pero tenía la evidencia del tormento de Ronan Carlisle para convencerla. Nadie era tan buen actor.

Su dolor era tan intenso, tan crudo que emanaba de él en oleadas. Y el odio que reflejaban sus ojos cuando había culpado a Wakefield de todo aquello había sido verdadero.

La enorme angustia que denotaba su mirada dejaba claro que aquella mujer debía haber sido su amante, no sólo una amiga.

—Está destruyendo a gente —dijo por fin Ronan—. Pero yo soy su verdadero objetivo, así que soy yo el que tengo que detenerlo. Wakefield tomará nota si cree que eres mía.

El calor se apoderó de Marina, desde sus mejillas hasta mucho, mucho más abajo...

—Su instinto competitivo no le dejará descansar. Tratará de que seas suya. Y mientras te está persiguiendo no estará concentrado en sus negocios.

—¡Pero él me miró como si yo acabara de salir de debajo de una piedra! De ninguna manera me perseguirá.

—Te infravaloras —le aseguró él—. Así como también

infravaloras su egocentrismo. Él piensa que puede conseguir a cualquier mujer que quiera. Cuanto más difícil sea, más importante es para él conseguirla.

—No viste cómo me miraba. Le avergoncé en su fiesta. ¡Nunca me verá como una posible conquista!

—Conozco a Wakefield —dijo él con toda confianza—. Si cree que eres mía, tratará de seducirte de todas las maneras. Tu enfrentamiento con él no importará si piensa que hay una oportunidad de quedar por encima de mí.

Marina agitó la cabeza. Se preguntó por qué no podía Ronan Carlisle ver lo que tenía delante de sus narices. Estaba tan cegado con su afán de venganza que estaba ciego ante lo que era obvio.

—Necesitas a alguien glamuroso —dijo ella, ignorando su ultrajado orgullo—. Necesitas a alguien que tenga el *aspecto* de ser tu amante.

—¿Y tú no lo tienes?

Marina apretó los labios, decidida a no contestar.

—¿Y si te digo que estás equivocada? ¿Que me gustan las mujeres con fuego y pasión, que defienden lo que creen sin importarles las consecuencias?

A Marina se le detuvo el corazón durante un segundo. ¡Deseaba tanto creerle! Pero ella vivía en el mundo real. Aquello no funcionaría.

—Yo no tengo el aspecto de la amante de nadie —repitió.

—Ropa —dijo él, quitándole importancia—. Eso lo arreglaremos pronto. Necesitas algo sensacional. No ese traje que llevabas anoche.

—Mi traje no tiene nada de malo.

—Salvo que es dos tallas más grande que tú. Oculta demasiado.

—Quizá yo quiera ocultarme.

Ronan agitó la cabeza y se acercó a ella.

–La mayoría de las mujeres que tienen un cuerpo como el que yo vi anoche lo exhibirían contentas. Estoy seguro de que podrás hacerlo durante unas pocas semanas. Para salvar a tu hermano.

–Pero soy demasiado… –se le apagó la voz ante la mirada de él–. Demasiado alta –terminó de decir de manera poco convincente. De ninguna manera diría lo que realmente pensaba; que también era rellenita.

–Demasiado alta –Ronan se sentó frente a ella y sonrió–. Yo tampoco soy bajo –dijo por fin–. Estaría ridículo con una mujer pequeña del brazo. Las mujeres con las que he estado han sido siempre altas.

–Pero Wakefield es de mi altura –dijo ella, como si realmente importara.

–¿No sabes que muchos hombres fantasean con mujeres altas? Cómprate los zapatos de tacón más altos que encuentres. Le tendrás babeando tras de ti enseguida.

Marina agitó la cabeza, apartando de su mente los ridículos pensamientos que la invadían. Ella vestida como una sexy vampiresa. Si no fuese tan patético, se reiría.

–De todas maneras es todo muy teórico –dijo ella con dureza–. Incluso si pudiera apartar la atención de Wakefield de los negocios durante un tiempo, eso no nos devolverá la empresa.

Ronan Carlisle se quedó mirándola en silencio durante tanto tiempo, que hizo que ella se preguntara cuánta de la confusión interna que sentía podía él percibir.

–Estás equivocada. He trabajado en esto. Sé lo precaria que realmente es la situación económica de Wakefield. Está en el límite.

Ronan se echó para atrás en la silla y puso un tobillo sobre el otro.

–Tengo un negocio que va a colocarle justo donde quiero. Pensará que es la oportunidad de su vida para tomarme por sorpresa. Y cuando reaccione, cuando trate de superarme haciéndose con otra compañía, forzará las cosas demasiado. Y será entonces cuando me haga con él y exija el pago inmediato de algunas de sus deudas.

La cara de Ronan brilló al pensar en aquella satisfacción. Su sonrisa parecía malévola y Marina experimentó una breve sacudida de simpatía por su enemigo. Ronan Carlisle no mostraría ningún tipo de compasión hacia el hombre que había hecho daño a su mujer.

–El momento es perfecto –continuó diciendo–. Con tu ayuda le podremos dar a Wakefield donde le duele más; en su amor propio y en su bolsillo. Si me ayudas, tu hermano y tú recuperaréis vuestra empresa y os libraréis de la deuda que tenéis con él.

Hacía que pareciera fácil. Muy fácil. Y ella sabía que nada era tan simple.

Miró al hombre que se había apoderado de su vida en menos de un día. Ella no era la clase de mujer por la que los hombres se vuelven locos. Ni siquiera había tenido un novio formal.

–Lo siento –dijo por fin–. Esto no va a funcionar.

Horas después todavía le resonaba en los oídos lo que le había dicho Ronan Carlisle. Su presencia la perseguía. Anduvo por su dormitorio; estaba demasiado despierta para dormir. No sabía cómo salir de aquel embrollo.

Se detuvo delante del espejo que había detrás de la

puerta. Le llamó la atención su vergonzosa mata de pelo con rizos. Debería cortárselo.

Los espejos nunca habían sido su objeto favorito. No desde que cumplió trece años y, sin tener mucha confianza en sí misma, desarrolló unas curvas femeninas antes que las otras chicas.

Miró su camisón de seda. Se planteó cómo la habría visto Ronan la noche anterior.

Él tenía razón. Las curvas de sus pechos y caderas todavía estaban ahí. Pero eran más armoniosas de lo que fueron en el pasado. ¡Uno de los beneficios de estar en rehabilitación! Dieta ligera y ejercicio para lograr que sus piernas funcionaran de nuevo.

El teléfono sonó y ella frunció el ceño. ¿Quién llamaría tan tarde?

Quince minutos después colgó, sintiéndose aturdida.

Ver que podían perder la empresa había hecho que Seb entrara en razón. Había trabajado noche y día, tratando de encontrar una manera de hacer que Wakefield no se quedara con la empresa. Había madurado, dándose cuenta de la responsabilidad que tenía con su familia y con sus empleados. Pero claramente las noticias de aquel día le habían puesto nervioso.

Marina se sentó, inmóvil, planteándose qué podía hacer. Miró la tarjeta de Ronan Carlisle, que había insistido en darle su número de teléfono personal en caso de que cambiara de opinión.

Respiró despacio. ¿Había cambiado de idea?

No importaba si lo había hecho o no. No con las noticias que le había dado Seb de que no eran los únicos que habían perdido la herencia. No sabiendo que Emma estaba embarazada.

Sabía lo que habría hecho su padre; lo que fuera por

asegurar la empresa para la nueva generación. Afrontó la realidad. Sólo tenían una oportunidad para recuperar lo que les pertenecía.

Tomó el teléfono, negándose a pararse a pensar en lo que estaba haciendo.

—Carlisle —respondió él inmediatamente, con una voz que aun en la distancia hacía que el deseo se apoderara de ella.

Sabía que se iba a arrepentir de aquello. Pero no podía permitirse el lujo de elegir.

—Soy yo —susurró ella—. Marina Lucchesi. He cambiado de idea.

Capítulo 7

NO TE PARECE que son demasiado? ¿Demasiado provocativas? –preguntó Marina, mirando las elegantes sandalias de tacón que se estaba probando, que se anudaban en la pierna.

–Debes de estar de broma –dijo Bella Montrose–. Lo que quieres es dinamita, cariño, y eso es exactamente lo que tienes ahí.

Marina miró a la elegante estilista personal que la había estado acompañando durante los últimos tres días. Desde que Ronan Carlisle había telefoneado para anunciar que la estilista llegaría a las nueve para supervisar su transformación.

–¿Bueno? –dijo Bella, esbozando una sonrisa que en mujeres menos refinadas podría ser de autosatisfacción–. Sabes que te encantan. Simplemente estás siendo obstinada otra vez.

–Si puedo decirlo… –dijo la dependienta– para una noche especial *son* las sandalias más sensacionales que tenemos. Las tiras centran la atención en la encantadora curva de su pierna.

Marina se miró en el espejo. No se parecían en nada a los zapatos que ella tenía. Pero tenía unos pies bonitos, cosa de la que nunca antes se había percatado, unos tobillos elegantes y sus pantorrillas parecían… femeninas.

Se miró una vez más el corte de pelo. ¡Vaya transformación! Todas las horas que había estado en el caro salón de belleza habían merecido la pena. No entendía lo que había hecho con ella el equipo de estilistas. Pero el resultado no se parecía en nada a la indomable mata de pelo que tenía. Sus rizos habían pasado a ser ondas que perfilaban perfectamente su cara.

Incluso sus manos parecían distintas, más femeninas, con las uñas elegantemente pintadas.

Parpadeó. ¿Era realmente ella la que se reflejaba en el espejo?

–Me las llevaré –dijo en un impulso.

Con Bella, casi estaba aprendiendo a disfrutar de ir de compras.

–Y también se va a llevar los rojos –dijo ésta.

Marina fue a protestar. Pero Bella tenía razón. Los zapatos rojos irían perfectos con el conjunto que había comprado hacía un rato. Hasta ella, con su inexperiencia, podía verlo.

Incluso se había comprado ropa íntima de seda, seductora y extremadamente decadente. Había insistido en que era innecesaria. Pero Bella había sido muy firme en que necesitaba una transformación completa. Y sabía de lo que estaba hablando. Sentir el delicado tacto de la seda sobre su piel hacía que Marina se sintiera… diferente. Distinta a como había sido siempre.

Se sentó para quitarse las sandalias. Eran tan frágiles, tan extravagantes. No como ella.

La invadieron las dudas. ¿Funcionaría aquel plan de Ronan? ¿Podría ella realmente distraer a Wakefield de sus negocios durante el suficiente tiempo como para suponer una trampa?

Negó con la cabeza ante aquel pensamiento tan ridículo. Un cambio de ropa no la cambiaría tanto. Ella todavía era esencialmente la misma; no sabía utilizar las artimañas femeninas.

Pero entonces levantó la cabeza y vio a la extraña que se reflejaba en el espejo. No parecía ella.

La distrajo de sus pensamientos el teléfono móvil de Bella.

—¡Ronan! —dijo ésta con verdadero entusiasmo.

Marina se puso tensa. Aquello era absurdo, pero sólo saber que era Ronan el que estaba telefoneando era suficiente para desequilibrarla.

—Claro, te la paso —dijo Bella, acercándole el teléfono a Marina.

—¿Hola? —dijo, dirigiéndose a mirar por la puerta.

—Marina —dijo él con su voz profunda y suave. Ella se estremeció ante la excitación que le recorrió el cuerpo—. ¿Cómo van las compras? ¿Te ha convencido por fin Bella de que te gastes mi dinero?

Marina miró a Bella, que estaba hablando con la dependienta. Se preguntó cuánto le habría contado ésta sobre sus negativas a utilizar su tarjeta de crédito.

—Está yendo bien, gracias. Es imposible ir de compras con Bella sin gastarse una pequeña fortuna.

—Estoy seguro de que cada céntimo que os gastéis merecerá la pena —dijo él en un tono bajito que hizo que a ella se le disparara el pulso—. Tengo muchas ganas de ver el resultado.

—¿Por qué has telefoneado? —preguntó con brusquedad, aunque eso era mejor que dejar entrever lo nerviosa que estaba.

—Para invitarte a salir. ¿Puedes?

Por un momento, Marina se planteó si alguna vez podría ser capaz de contrarrestar el efecto que Ronan Carlisle tenía sobre ella. Sólo con oír su voz se revolvía por dentro.

–Claro –hizo una pausa–. ¿Cuándo tenías pensado?
–Esta noche.

Marina se quedó sin aliento, aterrorizada. ¡Aquella misma noche! Era demasiado pronto.

–¿Marina?

–Todavía estoy aquí –dijo ella rápidamente.

–Pasaré a por ti a las siete.

¡A las siete! Sólo quedaban unas pocas horas.

–Yo… –tragó saliva–. Claro. Estaré preparada. ¿Adónde vamos? ¿Qué me tengo que poner?

–Primero vamos a una fiesta. Y después iremos a cenar tranquilamente. Iremos a algún sitio donde nos vean, pero donde podamos hablar en privado. Háblalo con Bella; ella te ayudará a elegir el modelo adecuado.

Se oyeron voces alrededor de él.

–Tengo que colgar. Te veré a las siete.

Tenía tres horas para transformarse. Sólo tres horas hasta que tuviese que hacer el papel de ser la amante de Ronan Carlisle. Tenía que convencer a un montón de extraños de que ella era la clase de mujer sexy en la que Ronan se interesaría. Y se tenía que asegurar de que éste ni siquiera se imaginara el efecto devastador que tenía sobre ella.

Tenía que convencer a ambos, a él y a ella, de que la reacción que tuvo ante su beso había sido una equivocación y que no se volvería a repetir. Que la podía mirar con aquel fuego reflejado en los ojos, que podía compartir con ella una conversación susurrando, incluso que podía acercarla a él y que ella no sentiría nada…

Al final, Marina tuvo más tiempo del que creyó que iba a tener para arreglarse. Demasiado tiempo para pensar y preocuparse. Se duchó y se maquilló, siguiendo las instrucciones que le habían dado en el salón de belleza. Durante todo el tiempo trató de ignorar el miedo que le causaba pensar que iba a hacer el ridículo.

Pero las cosas no podían empeorar. Se quedarían sin la empresa y, si Charles Wakefield llevaba a trabajar a sus propios empleados, también se quedarían sin trabajo. Y Seb y Emma esperando un hijo...

Se puso su vestido nuevo y se dirigió a mirarse en el espejo. Al hacerlo, se le quedaron los ojos como platos por la incredulidad. El conjunto se veía incluso mejor en aquel momento que en el probador de la tienda.

Hacía más de un año que no se compraba ropa nueva. Y desde entonces había perdido una talla. Estaba más delgada. Pero no era sólo eso.

Era increíble. Se dio la vuelta, tratando de descubrir qué era lo que hacía que el vestido pareciera tan distinto. Tan fascinante. Tan pecaminoso.

No le quedaba muy ajustado, pero le marcaba lo que tenía que marcar y la convertía en una mujer diferente.

Llamaron a la puerta y ella tomó su bolso. No se podía permitir tener dudas en aquel momento. Era demasiado tarde.

Ronan se apartó cuando la puerta se abrió. Las expectativas por lo que podía pasar burbujearon por su flujo sanguíneo. Hacía días que no la veía. Se había forzado a mantenerse apartado, trabajando con unas renovadas energías en sus planes comerciales. Pero mantener las distancias había sido más duro de lo que había pensado. Había sido muy difícil. Marina había eclipsado todo desde que la había visto, vibrante y decidida, en la fiesta de Wakefield.

Y, de repente, allí estaba ella. Marina Lucchesi, preparada para hacer el papel de su amante.

Él debería haber dicho algo para romper la tensión que había en el ambiente. Pero no pudo. Se quedó allí de pie. Ella era preciosa. Fascinante, con aquella cara esculpida y aquel cuerpo de guitarra. Era un misterio por qué se había escondido bajo aquellas ropas anticuadas y sin gracia.

El revelador cosquilleo que se adueñó de su estómago y de sus muslos eran prueba del poder de ella.

–Estás preciosa, Marina –dijo, observando la confusión y el placer que se reflejaron en sus ojos. Obviamente no estaba acostumbrada a los cumplidos.

–¿Está bien para la fiesta? –preguntó ella, señalando el vestido, como si no estuviera segura.

–Es perfecto –le aseguró él–. Serás la mujer más sexy de las que asistan.

Ella se quedó muy impresionada al oír aquello.

Ronan se acercó, doblando la cabeza antes de que ella pudiese protestar o apartarse. Pero en el último momento se apoderó de él la compostura y la besó en la frente en vez de en su seductora boca. Había descubierto lo peligrosos que eran sus besos y estaba decidido a no desviarse del asunto que tenían entre manos de nuevo. Por lo menos durante un tiempo.

Respiró el delicado aroma de su cuerpo, acariciando con la boca su sedoso pelo, sintiendo la calidez de ella contra su cuerpo.

No pudo evitar el temblor que se adueñó de sus músculos al invadirle un salvaje deseo. Ella era la seducción femenina en persona. Respiró profundamente, forzándose a apartarse de ella.

Aquella noche era la noche en la que presentaría a Marina como su amante ante el resto del mundo. Una estratagema para atraer a Wakefield. Pero aún más importante; de esa manera, mantenía a Marina justo donde la quería tener…

Capítulo 8

MARINA se sentó en el asiento de cuero del coche y trató de calmarse.

Desde que le había abierto la puerta a Ronan era como si hubiese pasado de estar en un mundo prosaico a estar en un cuento de hadas.

Sólo con verlo la había invadido una profunda llamarada de necesidad y un profundo sentimiento de deseo que la había dejado sin palabras.

Cerró los ojos cuando al recordar cómo se había acercado a ella experimentó un inmenso deseo.

Casi había esperado que la tomara en sus brazos y la besara como ya había hecho anteriormente, hasta que la razón se desintegrara en una explosión de nuevas sensaciones. Habría querido que lo hiciera.

Pero en vez de un beso apasionado, lo que le había dado había sido un beso casto, una forma de saludar que podía emplear un hermano.

Abrió los ojos y lo miró de reojo. Incluso cuando fruncía el ceño era el hombre más guapo que había visto nunca. Parecía que estaba desalentado y se preguntó si él también se estaría replanteando todo aquello.

–Dime si te cansas –dijo él abruptamente–. Sólo nos quedaremos en la fiesta el tiempo suficiente para dar la impresión de que somos amantes.

–Estaré bien –murmuró ella. Pero era mentira. No

estaba preocupada por perder las fuerzas, ya que se sentía mucho más fuerte que la primera noche que lo conoció.

Lo que le preocupaba era si sería capaz de seguir adelante con aquella farsa. A pesar del vestido, no se podía imaginar que alguien se creyera que Ronan Carlisle se había fijado en ella.

Se preguntó si sería capaz de estar al mismo nivel que toda la élite de Sidney.

Pero su mayor temor era mucho peor; tenía miedo a que por jugar a aquella farsa se diera cuenta de sus verdaderos sentimientos por Ronan. Tenía miedo a descubrir que, en realidad, en un recoveco de su corazón, deseaba que Ronan y ella se convirtieran en amantes.

Una hora después, Marina estaba asombrada por lo fácil que le había sido hacer aquel papel. Nadie había dejado entrever que le pareciera extraño que ella estuviera con el hombre más poderoso y guapo de la fiesta. Quizá eran demasiado educados para insinuar lo que realmente pensaban... que ella no pertenecía a aquel mundo.

Todo lo que había tenido que hacer había sido quedarse de pie a su lado y dejar claro que no tenía ojos para nadie más. ¡Lo que no necesitó de actuación alguna!

Cada vez que Ronan se dirigía hacia ella se inquietaba. Bebió un sorbo de champán y sonrió, pero aquella sonrisa se disipó al ver una cara conocida. Tragó saliva con fuerza y se quedó helada.

Charles Wakefield.

Se preguntó cómo iría a reaccionar ante su presencia, si la avergonzaría delante de toda aquella gente o si la ignoraría.

–Marina, mírame –dijo Ronan en alto y convincentemente.

–¿Lo has visto? Wakefield…

–Lo sé –Ronan se colocó delante de ella para impedirle ver a nadie más–. No te tienes que poner nerviosa. Wakefield no va a montar ninguna escena. No cuando yo estoy aquí para impedírselo.

Marina deseó tener aquella misma confianza. Hacía unos días lo que más había querido había sido una reunión con Wakefield. Pero en aquel momento, nada más de pensar en ello se ponía enferma.

Ronan tomó el vaso que ella sujetaba y lo colocó sobre una mesa cercana.

–Tócame.

–¿Perdona? –Marina pensó que no debía haberlo oído bien.

–Tócame, Marina. Ahora, mientras que nos está mirando –los ojos de Ronan reflejaban el fuego que le ardía por dentro y le dirigió una sensual sonrisa.

Marina tragó saliva, asombrada ante lo genuina que parecía aquella sonrisa y asustada por la inevitable reacción que causó en su cuerpo.

Tímidamente le tomó por el brazo. Sin pensarlo se apoyó en él, empapándose en su calor y en su suave aroma masculino, que la había estado volviendo loca durante toda la noche.

–Eso es –la animó él–. Perfecto.

Durante un segundo se quedaron mirando el uno al otro, tras lo cual él la abrazó y la atrajo hacia él. A ella se le cortó la respiración al pensar en las imágenes prohibidas que el simple contacto físico evocaba.

Ronan la dirigió hacia las puertas que daban al jardín del ático. Salieron fuera. Hacía una noche cálida. Se detuvieron en un lugar apartado, donde él le acarició las caderas, en un gesto que parecía dejar claro a quien pertenecía. Para ella fue como una marca, fuego puro que le recorrió el cuerpo y el alma, marcándola profundamente.

Entre los jazmines que les rodeaban casi no se les veía desde el interior. Pero Wakefield debía haberlos visto salir. ¿Tendría tanta curiosidad como para seguirlos fuera?

Obviamente Ronan pensaba que sí. Estaba lo suficientemente cerca de ella para parecer su amante. Y eso era lo que ella tenía que recordar. Que aquello era una actuación.

Respiró profundamente, embriagada por el perfume de las flores y miró las espectaculares vistas de la ciudad, luchando por borrar de su mente cualquier sentimiento.

—Precioso —dijo Ronan con su profunda voz, que era como seda acariciándole la piel. Marina miró para arriba y vio que él la estaba mirando penetrantemente. Se le revolvió el estómago cuando la excitación que sintió hizo que se le acelerara el pulso.

«Es un juego, Marina. Recuérdalo, es un juego», se dijo a sí misma.

Pero a pesar de saberlo, a pesar de los últimos vestigios de sentido común, respondió. Se acercó más a él, olvidándose de su promesa de ser fuerte.

Se oía una melodía en la distancia. Se oían risas. Pero en aquel lugar sólo estaban presentes los latidos de sus corazones. A ella se le hizo un nudo en la garganta.

Se preguntó qué ocurriría si Ronan Carlisle, con lo viril y atractivo que era, la mirara con verdadero deseo y no como una estratagema para convencer a Wakefield.

–¿Está mirándonos? –preguntó ella, esperando que Ronan confundiera su dificultad para respirar con un susurro.

Pero él no le contestó, simplemente la abrazó con su otro brazo y la acercó aún más cerca de sí, para que el calor que desprendía su cuerpo la envolviera. El aroma masculino de éste invadió todos sus sentidos.

Algo se despertó dentro de ella, algo excitante.

Mirándolo a los ojos, se planteó cómo se había metido en todo aquello. Estaba representando un papel, pero no le era nada fácil hacerlo.

Se dio cuenta de que Ronan Carlisle era mucho más peligroso que Wakefield. Ronan estaba a otro nivel que ella. La hacía sentirse como nunca antes se había sentido. Como una mujer, vibrante y apasionada.

Fue a decir algo, para romper el hechizo de aquel entorno seductor y de sus propias fantasías. Para romper el hechizo de la pasión que Ronan proyectaba. Pero era demasiado tarde.

Unos brazos tan inflexibles como el acero la acercaron a un cuerpo que era puro músculo y que desprendía calor. Ronan bajó la cabeza para besarla, apretando los labios contra los suyos.

Marina se derritió en aquel abrazo, prometiéndose a sí misma que aquello sólo ocurriría aquella vez; sólo una vez para convencer a Wakefield. Tras ello se apartaría.

La boca de Ronan era sorprendentemente suave, persuadiéndola a besarlo. Tenía un sabor delicioso, como el de un vino espumoso, un sabor puro, de hombre embriagador. Como si todos los pecados de tentación se agolparan. Y a ella nada le parecía demasiado. Quería acurrucarse aún más en su calidez, en la delicadeza de su boca…

Las sensaciones que la invadían eran como fuegos artificiales, se expandían por todo su cuerpo, alcanzando cada nervio con una necesidad a la que ella trataba desesperadamente de resistirse.

Pero el deseo que él despertaba en ella era demasiado imperioso.

Levantó las manos para acariciar el calor de su pecho. Notó cómo le latía el corazón, de una manera fuerte, y le dio vueltas la cabeza ante tanta intimidad.

Pero no era suficiente para ella. De manera involuntaria se echó sobre él; ya había perdido el sentido común. Se dejó llevar por el instinto primitivo que se agolpaba en sus venas, abrazándolo por debajo de la chaqueta. Lo abrazó con fuerza, como si fuera suyo.

Él, por su parte, la abrazó estrechamente por la cintura y le acarició los labios con la lengua. Ella respondió y abrió su boca para él. Sintió la deliciosa sensación de que sus lenguas se acariciaran. Aquel erotismo hizo que perdiera la razón. Necesitaba más.

Se abrazó aún más a él; lo tenía más cerca que nunca. Ronan estaba presionando sus pechos, sus caderas, reclamando su boca exhaustivamente...

Le acarició el trasero, apretándola contra él. Fue un movimiento tan explícito, que ella dio un grito ahogado al darse cuenta de que quería más.

Quería todo lo que había soñado que un amante le daría. Todo el calor y la pasión. Todo el amor. Todo lo que nunca había tenido.

Y quería que se lo diera Ronan.

Durante un momento, la ilusión perduró. Pero entonces él se apartó de su boca. Se enderezó, haciendo que ella también lo hiciera.

Marina se ruborizó. Sólo la fuerza de las manos de Ronan la mantenían erguida. Le temblaban las piernas por una debilidad que no tenía nada que ver con sus heridas.

Él no dijo nada, pero ella vio cómo le palpitaba el pecho…

Marina cerró los ojos con fuerza; sabía que no podía haber sido más vergonzosamente transparente ni aunque se lo hubiese propuesto. Ni siquiera le había importado saber que para él ella era sólo una compañera de negocios temporal.

—Marina —el ronco susurro de Ronan volvió a despertar el deseo en el estómago de ella, que abrió los ojos y lo miró a la camisa, ya que no estaba preparada para hacerlo a la cara.

Aquel hombre, con sólo tocarla, había logrado derribar todas sus defensas.

—Marina —dijo Ronan de nuevo—. Tenemos compañía.

Ella se dio la vuelta para mirar a la pareja que se aproximaba. Reconoció a uno de ellos; Charles Wakefield.

Esperaba que el pánico se apoderara de ella, pero no fue así. Estaba demasiado pendiente de tratar de descubrir lo que sentía Ronan. Pero éste no mostraba nada.

—Bueno… parece que la montaña viene a Mahoma. Sabía que la curiosidad sería superior a él —le dijo Ronan al oído. Ella tuvo que poner todo su empeño para no estremecerse de placer.

—¿Estás preparada, Marina?

—Desde luego.

—¿Marina? —Ronan la tomó de la barbilla, forzándola a mirarlo—. Acuérdate de que estás perdidamente enamorada de mí. No te preocupes por Wakefield ni por nada más. ¿Está bien?

–Está bien.

Marina, mientras él la abrazaba y la atraía hacia él, pensó con tristeza que nada sería más fácil. Incluso sólo aquel abrazo hacía que se le revolucionara el corazón.

Ni siquiera tendría que fingir. Tenía la sensación de que *perdidamente enamorada* definía perfectamente sus sentimientos.

–Ánimo, princesa –dijo Ronan–. Simplemente recuerda lo que acordamos y todo saldrá bien.

–¡Uy! Lo siento. No os había visto –dijo alguien con una risita nerviosa. Marina se dio la vuelta y vio a una rubia, que no tendría más de diecisiete años, del brazo de Wakefield.

El enfado se apoderó de ella. La muchacha se balanceaba y se planteó si sería debido a los tacones que llevaba o al enorme cóctel que agitaba en la mano.

Frunció el ceño e inmediatamente Ronan la abrazó por la cintura, dejándola de nuevo sin aliento.

–Charles –dijo Ronan.

–Carlisle. ¿Merodeando por la oscuridad? –el tono petulante de Wakefield enfureció a Marina.

Wakefield la miró, con la curiosidad reflejada en los ojos. La analizó con la mirada.

–Y la señorita Lucchesi. Tengo que decir que no esperaba verla aquí.

Marina se quedó mirando a Wakefield como si fuera un gusano.

–Yo podría decir lo mismo –contestó ella–. Si hubiera sabido que usted iba a estar aquí, no habría venido.

–Vamos, señorita Lucchesi. Marina –dijo Wakefield, extendiendo la mano–. No hay que ponerse así.

La conversación que tuvimos el otro día no fue muy útil, pero no era ni el momento ni el lugar.

El tono condescendiente de la voz de Wakefield enfureció todavía más a Marina.

–Ya veo que ahora tienes a alguien que hable por ti. Es muy conveniente –dijo Wakefield con un claro sarcasmo.

–La relación que tengo con Marina es privada, Charles. Pero te puedo decir una cosa; yo no la definiría como *conveniente*.

–Así es –añadió Marina, dirigiéndole a Wakefield una mirada que debía haber acabado con la sonrisa que estaba esbozando éste–. Además, no es de su incumbencia. Y por si quiere saberlo, yo me sé defender sola y siempre lo haré.

La chica que estaba con Wakefield los miraba vacilante, preguntándose dónde se había metido. Pero la expresión de éste era decidida.

–Ha sido un error por mi parte decir eso –dijo éste suavemente–. Todavía tenemos negocios que cerrar, Marina. Nuestra última discusión no resolvió nada y, pensándolo bien, creo que te debo una explicación de lo que pasó entre tu hermano y yo.

Marina se mordió la lengua antes que espetar que ella ya sabía lo que había ocurrido.

–Deberíamos reunirnos –continuó Wakefield, que tomó su silencio como que accedía–. Y podemos discutir la situación.

Asombrada, Marina asintió con la cabeza. Seguro que no podía ser tan fácil.

–Eso es exactamente lo que me gustaría –Marina tuvo que recordarse a sí misma que era muy fácil reunirse, pero que eso no quería decir que Wakefield tuviera ninguna intención de reparar lo que había hecho.

–Bien –dijo él, sonriendo más abiertamente, de manera desconcertante–. Dame tu número de teléfono y haré que mi asistente personal concierte una reunión.

–Buena idea, Charles. Que llame a mi casa para que quedéis –contestó Ronan antes de que lo pudiera hacer ella–. Marina va a mudarse a mi casa.

Capítulo 9

POCOS minutos después, Ronan observó cómo Marina se metía en el ático con la muchacha. Ésta estaba pálida y Marina dijo que ambas necesitaban retocarse el maquillaje.

Cuando había dicho que iban a vivir juntos, Marina se había puesto tensa. Había sentido cómo el enfado se apoderaba de ella; era palpable. Pero ella se había limitado a mirarlo de una manera que en la sombra quizá se hubiese podido confundir con apasionada.

Wakefield se la había estado comiendo con los ojos. Pero aquel bombazo había hecho que lo mirara. Sabía que Ronan no invitaba a sus amantes a compartir su casa. Pero en vez de alejarse de ellos, su interés por Marina se había disparado. Las señales de *propiedad privada* que Ronan había establecido no le habían disuadido.

Exactamente como se lo había imaginado; Wakefield la encontraba atractiva vestida con aquellas ropas tan femeninas y maquillada. Cualquier hombre lo haría.

La manera como la miró cuando ésta se marchó al cuarto de baño con la muchacha le dijo a Ronan lo que quería saber; Wakefield iría tras ella, sentía más que curiosidad hacia Marina.

Esperó sentirse eufórico. O satisfecho. Pero no ocurrió. No entendía por qué no estaba contento.

Sintió cómo el enfado se apoderaba de él. Furia ante la idea de que un delincuente como Wakefield pensara que tenía una oportunidad con alguien tan inteligente y con tanta clase como Marina.

¡Marina era *suya*! ¡Sólo suya!

–Tengo que admitirlo, Carlisle, trabajas rápido –Wakefield le sonrió–. Hace menos de una semana que Marina se coló en mi fiesta y apuesto a que no la conocías de antes. ¿O fuiste tú el que hizo que montara aquella pequeña escena?

–Siento decepcionarte, Charles, pero yo no tenía ni idea de que Marina iba a estar allí. Sabes que siempre te dejo el maquiavelismo a ti.

Pero las cosas acababan de cambiar.

–No había visto ni oído hablar de Marina antes de aquella noche –añadió.

Wakefield miró hacia el ático.

–Obviamente la llevaste a su casa tras lo ocurrido –dijo Wakefield. Ronan pudo intuir un trasfondo de resentimiento.

–Así es.

–Bueno, bueno –Wakefield esbozó una sonrisita lasciva–. Debe de ser realmente buena si te ha cazado en menos de una semana. ¿Cuál es su secreto? ¿Se hace la inocente o la mujerzuela?

Aquello enfureció a Ronan, que se tuvo que contener para no agarrarlo por el cuello.

–No sigas por ahí –gruñó con una voz que intimidaba. Se echó hacia delante y vio cómo Wakefield retrocedía–. Como le hables así a Marina, o hables así de ella, desearás no haber nacido. ¿Te has enterado?

–Claro, claro –contestó Wakefield, retrocediendo un poco más–. No tienes que amenazarme. Obviamente me he llevado una idea equivocada. No me había dado cuenta de que ibais en serio.

–Te has equivocado. Simplemente no vuelvas a hacerlo.

Wakefield tenía tanto ego, que ya deseaba lo que él tenía; a Marina.

–Aquí viene –Wakefield indicó con su bebida en dirección a la fiesta.

Ronan se dio la vuelta y la miró. Se le quedó la boca seca al ver lo atractiva que era.

–Tengo que admitir, Carlisle, que sabes elegir. Realmente es muy especial.

Wakefield estaba tratando de suavizar el ambiente. Pero el sentimiento de propiedad que se le había despertado a Ronan sobre ella la hacía querer llevársela de allí a un sitio más privado, apartada de otros hombres. No quería que Wakefield la mirara.

–Si hubiese ido vestida así cuando fue a verme quizá la hubiese tomado más seriamente –murmuró Wakefield.

Media hora después, Marina pensó que Ronan la tomaba por tonta. Evitando su mirada, y tras haber soportado los focos de los paparazzi cuando entraron, observó el lujoso restaurante.

No entendía qué estaba haciendo Ronan. Aquella mentira sobre que ella se iba a mudar con él había sido completamente innecesaria. Cuando al volver al jardín había visto a los dos hombres mirándola, quiso echar a correr. La maliciosa manera con la que Wakefield la miró hizo que quisiera esconderse. Y la penetrante mirada de Ronan hizo que la excitación le recorriera el cuerpo de nuevo.

Si tenía que fingir durante mucho tiempo que era su amante, Ronan acabaría descubriendo que ella no estaba fingiendo. Descubriría que lo deseaba de manera bochornosamente real.

–Está bien –el murmullo de Ronan hizo que ella sintiera un cosquilleo delicioso por su cuerpo–. El camarero ya se ha ido, así que puedes hablar. No te oirá nadie más que yo.

Marina alzó la mirada y se dio cuenta de que él era puro sexo.

–He cambiado de opinión –dijo rotundamente–. No quiero continuar con esta farsa.

–No creía que fueras tan poco perseverante, Marina. ¿O es que tienes miedo?

–¿De qué tendría que tener miedo?

–Dímelo tú. No sé lo que te pasa por la cabeza.

–No tengo miedo –contestó ella, levantando la barbilla y mirándolo a los ojos, para que él no pudiera intuir que era mentira. Sintió cómo se ruborizaba, pero se negó a apartar la vista.

–Si no tienes miedo, ¿por qué te das por vencida tan pronto?

–No va a funcionar. Nunca creí que lo fuera hacer, pero estaba lo suficientemente desesperada como para pensar que podríamos conseguir que Wakefield cambiara de idea.

–¿Y ahora ya no estás desesperada?

–Ése no es el tema –contestó–. No puedo conseguir que Wakefield devuelva lo que ha robado simplemente porque crea que soy tu…

–«Amante» es la palabra que estás buscando.

Marina observó la forma en que los labios de él se movieron al decir aquella palabra. No podía pensar en otra cosa que no fuera en cómo se había sentido al besarlo, al sentir la calidez de su lengua…

–Quizá tú no puedas conseguir que Wakefield os devuelva la empresa. Pero yo sí que puedo hacerlo –aquello hubiese sonado simplista si lo hubiese dicho otra persona que no fuera él.

Marina pensó que Wakefield no debía haberse metido con Ronan; no imaginaba a nadie enfrentándose a él cuando estaba de aquel humor.

–Sé lo que estoy haciendo, Marina. Y tengo la intención de ganar.

Ella lo creía, por lo menos en lo que se refería a Wakefield. Pero ella formaba parte de algo más amplio que no entendía. Y además había algo sobre su pasado que no cuadraba.

–Serías muy poco sensata si ahora te echaras para atrás.

–¿Por qué? ¿Qué es lo que sabes que yo no sé? –Marina se echó hacia delante y observó la satisfacción que reflejaban los ojos de Ronan.

–¿No te diste cuenta de la manera como te miraba?

–Me puso la carne de gallina, si eso es a lo que te refieres. Pero eso no prueba nada.

–Definitivamente a él le interesas. Ha caído en la trampa.

–¿Cómo puedes estar tan seguro?

–Digamos que lo dejó claro cuando tú no estabas delante.

Marina se percató del rechazo que denotaba la voz de Ronan y no quiso saber lo que había dicho Wakefield.

–Así que está interesado. ¿Y qué? Hay muchas mujeres en Sidney.

–Pero la diferencia es la conexión que tú tienes conmigo. Le dejé claro que eres especial. Establecí unas señales de «prohibido el paso» que ni él ha podido ignorar.

A pesar de su resolución, Marina estaba intrigada. Más que intrigada. Estaba encantada. Una parte estúpida de su mente quería fingir que Ronan había dicho eso de verdad. Era patético.

–¿Has hecho eso?

–Lo hice. ¿Por qué crees si no que le dije que te ibas a mudar a mi casa?

–Eso es lo que me he estado preguntando.

–Wakefield sabe que nunca he invitado a una mujer a vivir en mi casa.

Marina tomó su vaso y se bebió todo su contenido para tratar de evitar que él se percatara de la gran sonrisa que amenazaba con esbozarse en sus labios. Ronan estaba representando una farsa. Realmente no quería que ella viviese en su casa, pero ilógicamente le agradó que ninguna de sus anteriores amantes hubiese vivido con él.

–Se ha tragado el anzuelo –continuó Ronan–. Con sólo mirarte una vez perdió la cabeza y cuando le amenacé…

–¿Que has hecho qué?

–Le advertí que no se acercara a mi territorio –contestó Ronan, encogiéndose de hombros–. Cuando se dio cuenta de que iba en serio contigo, apenas podía contener su excitación. Está convencido de que tú eres mi punto débil y no puede esperar a conquistarte. Especialmente ahora que tiene una carta a su favor.

–¿Perdóname?

–Tu negocio, Marina. Lo usará como ficha de cambio.

Marina se sintió atrapada. No podía echarse atrás. Estaban Seb, Emma y el bebé.

Miró a Ronan. Vio en él al hombre que podía conseguir lo que ella necesitaba.

–Pero si piensa que me he mudado contigo entonces no hará nada.

–Te verá como un trofeo aún más preciado. Tiene un ego del tamaño de la Antártida. No considerará la posibilidad de no conseguirte. Ahora que cree que eres mi mujer, no será capaz de resistirse.

Aquello hizo que a Marina una excitación prohibida le recorriera el cuerpo. No podía evitarlo.

–Cuando nos vea juntos, se convencerá de que voy en serio contigo.

–Pero no me tengo que mudar.

–Claro que tienes que hacerlo. Todo tiene que ser como parece. Wakefield quizá sea un mal nacido egoísta, pero es astuto. Eso es lo que lo hace ser tan peligroso.

Marina sabía que no tenía otra opción. Pero la invadió el miedo.

–Y tu casa se vende –añadió él–. De todas maneras pronto te ibas a mudar.

–Ya se ha vendido –espetó ella. Aquel mismo día se lo había dicho su hermano.

–¿Tan pronto?

Marina asintió con la cabeza. No había sido capaz de negarse a venderla en cuanto tuvieron un comprador dispuesto a pagar. Al día siguiente iba a comenzar a buscar piso. Cuanto antes se marchara de allí, mejor, ya que la casa estaba llena de recuerdos. Su padre la había construido.

Sintió la calidez de la mano de Ronan sobre la suya.

–En ese caso te puedes mudar ya.

–Supongo que sí –Marina de nuevo fue consciente de que no tenía otra opción.

Los últimos días habían sido muy ajetreados, así como los últimos meses habían sido muy emocionales. Y en ese momento sintió el peso de todo aquello hundiéndola.

–Saldrá bien –dijo Ronan en voz baja, como si comprendiera su desesperación.

Ella asintió con la cabeza, pero no lo miró a la cara hasta que él no tomó su mano y le dio un beso en la palma. La dejó sin respiración.

–Te lo prometo, Marina –murmuró, rozándole con la boca la piel de la mano, consiguiendo que a ella le recorriera la excitación por todo el cuerpo hasta llegar al centro de su feminidad.

Entrelazó sus dedos con los de ella y le hizo una señal al camarero, que poco después llevó a su mesa una botella de champán. Marina no tuvo la entereza de apartar la mano.

Una vez que el camarero les sirvió el champán y se hubo marchado, Ronan le acercó el vaso a Marina. Le brillaban los ojos, reflejaban una emoción que ella no sabía definir.

–Yo me ocuparé de todo, Marina. No te preocupes –tomó su copa y la levantó–. Por el éxito.

«Por la supervivencia», añadió con fervor Marina en silencio.

Capítulo 10

BIENVENIDA a mi casa –Ronan le tendió la mano a Marina para ayudarla a salir del coche.

–Gracias –dijo ella, que al principio se había mostrado reticente a dejarse ayudar.

Él contuvo una sonrisa cuando ella puso la mano sobre la suya. Se preguntó si ella lo sentiría también; aquel escalofrío ante la maravillosa sensación de tocarse.

Marina, cuando salió del coche, dirigió su mirada hacia la casa en vez de mirarlo a él.

–Tu casa es encantadora –dijo.

Él se apartó un poco y después la guió, poniéndole una mano en la espalda, hacia su casa. Era una casa antigua.

–Me alegra que te guste. Quiero que estés a gusto aquí, Marina.

Ella lo miró, con tal mezcla de emociones reflejadas en la mirada que era imposible descifrarlas. Ronan sabía que ella no quería estar allí, lo había dejado muy claro.

Pero no tenía otra opción más que aceptar su hospitalidad. Él se había asegurado de ello.

–Ven, para que conozcas a la señora Sinclair, mi ama de llaves. Tiene ganas de que haya otra mujer en la casa.

Enseñarle toda la casa llevó un tiempo y las reacciones de Marina fueron de fascinación. Lo que más le impresionó no fue ni la localización de la casa frente al mar, ni el yate que había en el embarcadero privado, sino que fueron las cosas más sencillas, las que no mostraban lo caras que eran.

Cuando subieron a la planta de arriba, ella ya había perdido la formalidad, acariciando el pasamanos de madera de cedro y la escultura de mármol que había en el pasillo.

Ronan sintió que estaba perdiendo su autocontrol y que la pasión lo invadía por completo. Marina era tan sensual… la manera como suspiraba cuando olía las flores… su necesidad instintiva de tocar…

Él quería que esas manos lo tocaran a él, que se aprendieran su cuerpo, de la misma manera como él quería aprender todos los secretos de ella.

–Ésta es tu habitación –dijo casi bruscamente por el esfuerzo que tuvo que hacer para guardar la compostura. Abrió la puerta y se apartó para dejarla pasar.

–Oh –el leve suspiro de placer que emitió atrajo a Ronan, que entró tras ella–. Es preciosa. Gracias.

–Ha sido un placer –dijo él–. Ahí está el cuarto de baño del dormitorio.

Se acercó para abrir las ventanas francesas del balcón. Necesitaba aire fresco.

–Desde aquí hay unas bonitas vistas –explicó, mirando el puerto. Se avecinaba una tormenta.

–No sé cómo agradecerte todo esto –dijo Marina, acercándose a él–. Estás haciendo tanto por nosotros, por Seb y por mí.

A Ronan le pareció que a ella le tembló la voz de la emoción. Respiró profundamente para mantener la calma.

Marina estaba herida. Acababa de perder a su padre. Se había quedado casi discapacitada en un horrendo accidente. Y tras ello, había tenido que soportar la pérdida de la empresa familiar, de su medio de vida, de su casa… de su futuro según lo había concebido ella.

–Tú me estás ayudando a conseguir una cosa que deseaba hacer desde hace tiempo. Estamos juntos en esto –dijo él, esbozando una sonrisa que esperó fuese tranquilizadora.

Ronan pensó que si hubiese sido capaz de arreglar las cosas para Cleo… el saber que había fracasado era como ácido para él, le estaba consumiendo.

–Lo mismo digo… –Marina salió al balcón– tú has sido de una enorme ayuda para mí –sonrió brevemente–. Para empezar, nunca podría haber organizado una mudanza tan rápidamente.

A Ronan le invadió un sentimiento desconocido en su conciencia. Había sido su egoísmo y una cuantiosa suma de dinero los que habían conseguido que ella se mudara tan rápidamente ya que la quería allí, cerca de él…

–Tengo que admitir que la idea de arreglarlo todo era desalentadora –añadió ella.

Ronan observó cómo ella tragaba saliva y esbozaba una mueca. Había tenido que abandonar el único hogar que había conocido, forzada por la estupidez de su hermano, cuando lo que necesitaba era que la cuidaran y que la mimaran.

Le asombró lo enfadado que estaba ante aquello. El sentimiento de protección que ella le inspiraba era inesperado. Inaudito… sin contar su reacción ante la situación de Cleo.

Pero aquello había sido distinto. Frunció el ceño, perplejo. *Marina* era diferente.

La manera en la que la deseaba, su preocupación por ella, su ensimismamiento por ella no se parecían en nada a lo que había experimentado anteriormente en su vida. No era lo vulnerable que era ni su físico... por su vida habían pasado verdaderas bellezas, simplemente había algo en ella, no sabía qué, que le atraía como un imán.

Tenía que tenerla.

Y necesitaba mantenerla alejada de tiburones como Wakefield.

En ese momento lo llamaron por teléfono. Lo sacó de su bolsillo para ver quién era.

—Marina, instálate. Como si estuvieras en tu casa. Yo tengo que atender esta llamada.

Ella no se dio la vuelta. Simplemente asintió con la cabeza y siguió mirando el mar.

—Hola, nena. ¿Cómo estás?

Marina observó cómo Ronan salía entre la muchedumbre hacia la terraza de la Opera de Sidney, donde podría continuar hablando por teléfono.

Era otra vez su hermana. Lo supo en cuanto éste contestó el teléfono. Muy poca gente tenía ese número y él contestaba sus llamadas estuviera donde estuviera. Era muy comprensivo.

La primera vez que le había oído hablar con ella, el día que se mudó a su casa, había pensado que era su novia la que lo telefoneaba. Su voz se había dulcificado.

¡Y le había hecho sentirse tan celosa!

—Tu Ronan es un hermano muy devoto.

Marina se dio la vuelta y miró al hombre que le acababan de presentar. El señor John Biddulph. Era amigo de Ronan, pero deseó que no la hubiese dejado a solas con él. Parecía lo suficientemente perspicaz como para darse cuenta de su engaño.

—Hablan todos los días —dijo ella, tratando de aparentar estar relajada.

—Ella está fuera, ¿no es así?

—En Perth —asintió Marina—. Creo que está de vacaciones con su madre.

—Ya es hora de que encuentre un hombre joven para ella con quien hablar. Ronan debería prestarte su atención a ti, querida, antes de que otro colega acapare tu atención.

Marina sintió cómo algunas de sus reservas se disolvían ante la pícara mirada de aquel hombre.

—Ronan me ha dicho que estás en el negocio de los transportes, ¿no es así?

—Oh —a Marina le impresionó que Ronan hubiese hablado de ella—. Bueno, sí, pero de una manera insignificante.

—La empresa de transportes Marina, ¿verdad?

Ella asintió, asombrada de ver cuántas cosas sabía de ella. Estupefacta de que Ronan siquiera la hubiese nombrado.

—Es una compañía conocida. Ahora dime, ¿qué te parecen los recientes impuestos sobre el combustible? ¿Cómo está afectando a tu negocio?

Discutir aquello con el señor John era absurdo. Él era el jefe de una compañía multinacional y ella era... ¿qué? ¿La ex directora de una compañía familiar?

Pero el interés que mostraba era genuino y sus comentarios eran instructivos. Se interesó tanto por la conversación que mantenían que hasta que alguien no la abrazó por la cintura y la atrajo hacia sí no miró a su alrededor. Se quedó sin aliento, como siempre le ocurría cuando se le acercaba Ronan, al ver la intensidad de su mirada, al oler su seductor aroma a hombre y al ver esa sonrisa.

–Seguid hablando.

–No deberías dejar a esta chica sola, Ronan –dijo el señor John–. Alguien sin escrúpulos, como yo, podría tratar de robártela.

–Tienes razón, desde luego. Debería haber apagado mi teléfono –Ronan la abrazó más hacia sí–. La inteligencia y la belleza juntas son una poderosa combinación. Marina es muy especial.

Marina se quedó pasmada. ¿Belleza? ¿No se estaba pasando de la raya? Pero el señor John asintió con la cabeza en señal de aprobación.

Y entonces, en vez de cambiar de tema, Ronan retomó el último punto sobre el que estaba hablando ella; obligaciones y cargas.

Estuvieron hablando quince minutos más hasta que el botones les avisó de que ya se podían sentar. Mientras entraban en la Opera, Marina pudo sentir la deliciosa calidez de la mano de Ronan en su espalda. Se dio cuenta de que él siempre la hacía sentirse como si importara.

–Marina, ¿estás bien?

–Estoy bien. Es sólo que la alfombra está un poco desnivelada.

Ronan se movió y la tomó del brazo, acercándola hacia él. Inevitablemente Marina lo sintió de nuevo; esa sensación única y excitante… como si algo dentro de ella se disolviera en un remolino de cálidas emociones.

–Después de ti –le dijo él en voz baja al oído, haciendo que ella se estremeciera y se diera prisa por sentarse. Entonces él entrelazó los dedos entre los suyos, haciendo que una vez más a Marina le subiera un cosquilleo por el brazo.

La atención que le estaba prestando Ronan y su encanto hicieron que se le desbocara el corazón, aun sabiendo que él sólo estaba interpretando un papel. La fuerte personalidad, la integridad y el impresionante físico que poseía eran lo que ella siempre había soñado en un hombre.

Ronan era el hombre más peligroso que jamás había conocido y se había acabado de dar cuenta de que estaba en serio peligro de enamorarse de él.

Capítulo 11

¿TE TOMAS algo antes de irte a la cama? –le preguntó Ronan a Marina cuando llegaron a su casa.

–No creo que…

–Te prometo que no te morderé.

Ronan observó cómo Marina esbozaba una remilgada mueca con la boca. Pero el problema era que la boca de Marina no era remilgada. Era seductora, atrayente… atractiva. Si se quedaba allí durante mucho más tiempo se sentiría tentado a echarse sobre ella y mordisquearle los labios hasta que ella respondiera de la forma en que lo hizo aquella primera noche…

–Es tarde –dijo ella, echándose para atrás.

A él le invadió la frustración.

–Pero no estás cansada, ¿verdad que no? –dijo con un tono engatusador.

¡Desde luego que no estaba cansada! La función de aquella noche la había llenado de júbilo. Todavía le brillaban los ojos de la emoción.

–Vamos, Marina. Estás muy despierta. Necesitas tiempo para relajarte antes de irte a dormir.

Él sabía que no se dormiría hasta dentro de muchas horas, pero eso no tenía nada que ver con la función que habían visto, sino con la mujer que tenía delante de él. Pensaba en ella todas las noches. Pero no podía permitirse tocarla. Se preguntó cuándo podría…

–Bueno, sólo media hora. Ha sido un día muy largo.

Ronan esperó que la sonrisa que esbozó como respuesta a aquello fuera enigmática, que no dejara entrever el fuego que le recorría por dentro. Se dio la vuelta y la guió hacia el salón.

–¿Qué te gustaría beber? ¿Licor, vino, o algo suave? ¿O prefieres café?

–Algo suave estaría bien, gracias.

Cuando Ronan volvió del mueble bar, vio que ella estaba sentada en una silla, mirando hacia otro lado. Observó que tenía la mano sobre su falda, acariciándola. Se acaloró al imaginarse su mano sobre la pierna de ella, acariciándole las medias por debajo de la falda.

Se estremeció al imaginárselo por el potente erotismo que conllevaba. Casi podía incluso sentir los calientes muslos de ella bajo sus dedos. Se bebió su copa de un trago.

Marina no tenía ni idea de cómo su postura revelaba la larga y elegante línea de sus piernas. Ronan se había dado cuenta la primera noche de que ella no tenía malicia con respecto a su cuerpo. Tenía el cuerpo de una seductora, pero actuaba como si hubiese algo que esconder.

Incluso en aquel momento, tras haber estado días vistiéndose con ropas destinadas a volver locos de deseo a los hombres, actuaba como si fuera vestida con un saco.

–Gracias –dijo ella cuando él le acercó su bebida. No lo miró a los ojos y, como de costumbre, evitó tocarlo. La hacía sentirse incómoda. ¡Incómoda!

Él había estado pasándolo fatal desde que ella se había mudado a su casa. Tenía el cuerpo tenso debido al autocontrol al que se había sometido, por la agonía de reprimir una lujuria tan incendiaria que pensaba que iba a consumirlo si no la tenía pronto.

Lo estaba volviendo loco.

Se sentó en una silla lejos de ella y colocó su copa en la mesa.

—Es una habitación encantadora —ofreció ella, mirando a su alrededor.

—Gracias —dijo él, preguntándose durante cuánto tiempo podría ella evitar mirarlo a los ojos.

—¿Contrataste a un interiorista para que la decorara?

—No a uno profesional. Por lo menos no lo es todavía. Lo hizo mi hermana.

—Tiene mucho talento —dijo Marina sinceramente. A él siempre le había gustado aquella habitación, pero Cleo la había transformado; era un genio en diseño de interiores.

—Gracias. Le diré que te ha gustado.

—El otro día dijiste que ella está en Perth. ¿Está allí estudiando?

—No —contestó él con demasiada brusquedad—. Por el momento no está estudiando.

—Ah, bueno, pero seguro que hay muchas cosas con las que pueda entretenerse allí. He oído que es una ciudad encantadora.

Cleo había estado muy interesada en Marina, había preguntado miles de detalles sobre ella por teléfono. Incluso le había dado permiso para decirle a Marina lo que había hecho Wakefield. Había dicho que necesitaba oírlo, para saber contra lo que luchaba.

Ronan frunció el ceño. Él podía proteger a Marina.

«¿Como protegiste a tu hermana?», se dijo a sí mismo. La culpabilidad se apoderó de él.

Pero él se encargaría de que Wakefield no le hiciera daño. Recordó que el malnacido había estado tratando de contactar con ella. Y algún día quizá tuviera éxito.

—¿Qué pasa, Ronan?

Éste dirigió su mirada hacia Marina, que lo estaba mirando fijamente.

—No pasa nada… —pero se dio cuenta de lo inútil que era aquella mentira.

Si confiaba en Marina, si quería protegerla, debía decirle la verdad. Eso era lo que había dicho Cleo y él sabía que tenía razón. Al mirar los oscuros ojos de Marina, que reflejaban preocupación, supo que había estado mintiéndole durante demasiado tiempo. Ella tenía derecho a saberlo. Confiaba que fuera a guardar el secreto de Cleo.

—Es mi hermana, Cleo —dijo finalmente.

—¿Está enferma? —preguntó ella, frunciendo el ceño.

—Está bien. Ahora —respiró profundamente y se obligó a seguir hablando—. Te dije que Wakefield le había hecho daño a una amiga mía.

Marina asintió con la cabeza.

—No fue a una amiga. Fue a Cleo a quien hizo daño.

—¡Oh, Ronan! —la voz de Marina reflejaba su horror—. Lo siento tanto.

Él agitó la cabeza. Ya estaba superado. O casi lo estaba. Cleo estaba mucho más fuerte en aquel momento. Casi preparada para retomar de nuevo su vida.

—Cleo pensó que yo debía decirte lo que ocurrió.

—¿Le has hablado a tu hermana de mí?

—Quiere conocerte.

—No tienes que contármelo —Marina colocó su vaso en una mesa cercana—. Sé que es un asunto privado. Y es tarde. Realmente debería…

—¡Quédate! —espetó Ronan, ante lo cual ella se puso tensa—. Quiero decir que me gustaría que te quedaras. Necesitas oír esto.

Al mirar a Marina, allí sentada con la luz de una lámpara cercana sobre ella, se dio cuenta de que la lujuria que sentía era sólo una parte de todo lo que verdaderamente sentía hacia aquella mujer. También sentía una necesidad de protegerla y una calidez que le hacían sentirse… completo.

–El año pasado estuve unos meses en el extranjero. Tenía que cerrar algunas negociaciones y también estuve de vacaciones. Cuando regresé… –se agarró con fuerza a los brazos de la silla–. Cuando regresé, me encontré con que Wakefield había abandonado su costumbre de ir detrás de mis novias. Había centrado su atención en mi hermana.

Debería haber atacado al malnacido en aquel momento. Pero la vida no era tan simple.

–Cleo es mucho más joven que yo. No tenía ni idea de mi historia con Wakefield ni de cómo es en realidad. Es despierta, lista y está llena de vida, pero es un poco ingenua.

O lo había sido.

–Se dejó embaucar por él. Se enamoró de él y creyó que él también lo estaba de ella. Le daba igual lo que le dijeran. Esperaba que le propusiese matrimonio.

Ronan pudo observar el horror que reflejaba la cara de Marina.

–¿Ronan? –dijo ella en tono bajo. Sus ojos reflejaban la preocupación que sentía.

–Nunca se lo propuso –dijo él abruptamente–. Y en vez de eso, Cleo descubrió que estaba embarazada. Fue a decírselo, impaciente por hacerlo en persona. Pero nunca llegó a hacerlo. Fue el día que él la dejó de la manera más cruel posible; dejó que lo encontrara en la cama con otra mujer. Y tras ello le dijo que su relación había sido una farsa; simplemente había querido saber cómo era tener sexo con la hermana de Ronan Carlisle.

Ronan apenas se dio cuenta de la exclamación que emitió Marina ante el horror de todo aquello. Era la cara de Cleo en la que estaba pensando. Recordó lo consternada que había estado por el dolor y el miedo cuando el médico le confirmó que había perdido el bebé que esperaba.

No había llorado. No lo hizo en aquel momento. Se había quedado impresionada y en silencio. Las lágrimas no llegaron hasta después. No llegaron hasta que la depresión se apoderó de ella de la manera más desalentadora posible.

Se le aceleró el corazón al recordar el desesperado trayecto hasta el hospital, la espera hasta que le hicieron el lavado de estómago debido a las pastillas para dormir que había tomado, la expresión de la cara de su madre cuando le dijeron que Cleo tenía suerte de estar viva…

A Marina se le erizó la piel. ¿Podía Wakefield llegar a ser tan cruel? Era mucho más fácil pensar que Ronan había exagerado… pero no era una exageración. Recordó los fríos ojos de Wakefield. Había algo inhumano en la helada intensidad de su mirada.

Su instinto le decía que aquello era la verdad. Pero estaba claro que todavía había más. El dolor reflejado en la cara de Ronan era tal que casi se acercó a consolarlo.

–Cleo ha estado… mal desde entonces –dijo Ronan.

–¿Y el bebé?

–Lo perdió.

Marina se sintió enferma. Miró por la ventana, pero todo lo que podía ver era el profundo dolor y la intensa furia que reflejaban los ojos de Ronan.

–¿Wakefield no espera que actúes en su contra? ¿Después de lo que le hizo a tu hermana…?

–Wakefield no tiene claro que yo lo sepa. Cleo podría no tener confianza en mí. Y lo que él no sabe es lo del embarazo. Pero es mi responsabilidad detenerlo antes de que haga más daño.

Todo cobraba sentido… la obsesiva necesidad que tenía Ronan de destruir a Wakefield, la disposición de defender su causa contra el enemigo común, su proteccionismo… incluso las abrasadoras miradas.

No era atracción lo que sentía por ella; Ronan la veía como a otra mujer vulnerable. Probablemente le recordaba a su hermana. Lo que sentía era pena por ella.

Capítulo 12

MARINA hizo el giro al borde de la piscina. Un par de largos más y lo dejaría. Ronan no estaría en casa hasta dentro de unas horas, pero siempre se aseguraba de terminar de nadar mucho antes de que él llegara.

Para su consternación, había descubierto que la debilidad que sentía por él se hacía más fuerte cada día.

Gracias a Dios no habían interpretado la farsa muy frecuentemente. Pero cada vez que lo habían hecho, él había sido el perfecto amante.

Cuando fue a salir de la piscina, una fuerte mano apareció delante de ella. Miró hacia arriba y vio la cara de Ronan. Contuvo la respiración ante la intensa mirada de éste.

—Vamos —dijo él con su profunda voz—. Ya es hora de que salgas de ahí.

Ignorando la mano que le tendía, se apartó del borde de la piscina.

—No he terminado —jadeó. ¡Lo que fuera para que él se marchara!

—Sí. Ya has terminado. La señora Sinclair me ha dicho que llevas aquí cuarenta minutos.

—¿Has hecho que tu ama de llaves me espíe?

—No seas absurda, simplemente se dio cuenta de cuándo saliste y está preocupada por si sufres una recaída. Sabe que estás en proceso de recuperación.

–Saldré en un minuto –dijo Marina–. Te veré dentro.

–Vas a salir ahora –le ordenó él–. Fíjate cómo respiras. Necesitas parar ahora mismo.

Era cierto que tenía la respiración agitada, pero tenía tanto que ver con el efecto que él tenía sobre ella como con haber estado practicando ejercicio.

–Ya te he dicho que voy a salir pronto –lo haría cuando él se hubiese ido. Ya tenía suficiente con las miradas de los extraños en la piscina local. No quería que él la mirara también de aquella manera.

–Marina, toma mi mano y deja que te ayude a salir. O me meteré a por ti.

Cuando Ronan se desabrochó la camisa ella se dio cuenta de que no estaba de broma.

–Está bien –gritó, sintiéndose ridícula–. Voy a salir.

En vez de tomar la mano que le tendía él, nadó hasta la escalerilla, manteniendo su parte izquierda oculta. Se dio cuenta enfadada de que él tenía razón; había nadado durante demasiado tiempo y le temblaban las piernas. Pero tenía que llegar a la toalla.

Pero él llegó antes y le acercó la toalla. Se puso tensa cuando él la miró un momento pero exhaustivamente y se ruborizó cuando observó que él lo había visto. A duras penas se resistió a taparse las feas cicatrices que estropeaban su muslo izquierdo. Pero era demasiado tarde.

Lo miró a la cara, pero no pudo vislumbrar ni desagrado ni lástima. Lo que sí pudo ver fue que sus ojos parecían más oscuros de lo normal, casi con el tormento reflejado en ellos.

Ronan no hizo ningún comentario sobre el horrible legado de su accidente de coche y ella era demasiado orgullosa como para referirse a ello. Sólo el orgullo la mantenía en pie en aquel momento. Se había quedado sin energías.

Se acercó para tomar la toalla, pero una pierna le falló, aunque se recuperó apoyándose en su otro pie.

Pero no lo hizo lo suficientemente rápido. En un abrir y cerrar de ojos, Ronan la tomó en brazos.

–No me tienes que llevar en brazos. Me puedo mantener en pie.

–Sí que lo tengo que hacer –rebatió él, acercándola hacia su cuerpo y dirigiéndose hacia la casa.

Aunque la excitación le recorría todo el cuerpo, Marina deseó estar en cualquier otra parte que no fuera en sus brazos.

–Ronan –dijo una vez dentro de la casa, tan calmada como pudo–. Tenías razón. Debería haber salido antes de la piscina. Pero no tienes que hacer esto. Puedo andar.

–Quizá sea que me guste llevarte en brazos –dijo él, impaciente–. ¿Alguna vez has considerado esa posibilidad?

Marina lo miró a la cara. Lo que vio fue el enfado que reflejaba su ceño fruncido. Pensó que seguramente no había querido decir eso. Lo que sentía por ella era pena. Pero el problema era que cuando la tomaba en brazos ella se sentía apreciada y ridículamente femenina.

Él la acercó aún más hacia sí e hizo que el calor se apoderara de ella, la cual se rindió ante lo inevitable. Apoyó su cabeza en el cuerpo de él mientras la llevaba a la planta de arriba.

Cerró los ojos y trató de recopilar la memoria de aquel momento, para así poder saborearla cuando estuviera sola de nuevo.

Cuando él cerró una puerta tras ellos, ella volvió a

abrir los ojos y vio que estaban en su habitación. Ronan se acercó a la cama y la depositó sobre ella.

–La colcha –protestó ella, tratando de levantarse para no manchar la colcha de seda.

–Olvídate de la colcha –dijo él, dándole un leve empujoncito a Marina para que se tumbara–. ¿Qué demonios pensabas que estabas haciendo, Marina? ¿O ni siquiera pensaste? ¿No te importa poder hacerte daño? Puedes tener una recaída que haga que todo el trabajo de los cirujanos no sirva de nada.

Ella fue a contestar, pero no pudo. Estaba paralizada ante este nuevo Ronan Carlisle. Se había estado preguntando qué sería lo que escondía él bajo su máscara de control. Y en ese momento se le concedió el deseo.

Ronan la miró hecho una furia. Tenía el cuello rígido por la tensión. Ella lo deseaba. No la asustaba. Sabía que nunca le haría daño. No era de esa clase de hombres.

Al verlo luchando contra aquellas emociones tan fuertes se desató en ella una espiral de excitación.

Se dijo a sí misma que era una depravada. ¿Cómo era posible que se excitara ante el enfado de él? Agitó la cabeza, tratando de encontrar un poco de cordura.

–Estoy bien. Simplemente nadé demasiado deprisa y…

–¡Y nada! Menos mal que llegué a casa cuando lo hice porque si no te podía haber encontrado flotando boca abajo en el agua.

–Oh, no seas ridículo –dijo ella bruscamente.

–¿Que no sea ridículo? –Ronan se acercó a ella–. Y supongo que tú no estabas siendo ridícula cuando te negaste a salir de la piscina, ¿verdad?

–Puedo tomar mis propias decisiones –dijo ella, incorporándose–. Por si se te ha olvidado, recuerda que soy una mujer adulta.

Ronan se rió amargamente ante aquello.

–No me he olvidado de eso, Marina. Créeme –apartó la mirada de su cara para mirarle el cuerpo.

Inmediatamente, el deseo se apoderó de Marina. Se le endurecieron los pezones.

–Y supongo que pensaste que tenía sentido quedarte en el agua antes que dejarme ver esto, ¿no es así?

Ronan acercó su mano al muslo izquierdo de ella y le acarició las cicatrices. Ella se estremeció y aguantó la respiración.

–¡No hagas eso!

–¿Por qué no? –preguntó él, mirándola a los ojos–. En algún momento tendrás que afrontarlo, Marina. Ahora forma parte de ti y tienes que aprender a vivir con ello.

Lágrimas de furia empañaron la mirada de Marina, que parpadeó para apartarlas.

–¡Arrogante malnacido! ¿No crees que ya lo sé? He vivido con ese dolor durante meses. ¿Cómo me voy a olvidar de ello si lo veo cada vez que me ducho? Cada vez que me visto. Siento la debilidad y recuerdo…

Se le hizo un nudo en la garganta ante los recuerdos que se agolparon en su mente. Y aquel hombre, que no sabía nada sobre lo que se siente al perder a alguien tan trágicamente como ella perdió a su padre, o al estar desfigurada, tenía el descaro de darle un sermón porque ella quería preservar la poca dignidad que le quedaba.

Lo miró, sin saber qué pesaba más… la necesidad de tenerlo o de no volver a verlo.

–Tú no lo entiendes –dijo con la voz ronca.

–Oh, cariño, lo entiendo muy bien –dijo él con dulzura en la voz y acariciándole la cara de tal manera que Marina pensó que sería su perdición.

Alentada por la necesidad de recobrar un poco de control y por el enfado que sentía, apartó la mano de Ronan. Lo agarró por los hombros, se levantó y lo besó… en la boca.

No lo hizo con dulzura ni sutileza, sino con el tumulto de emociones que sentía: enfado, dolor, desesperación y añoranza. Su boca mostraba la desesperación que sentía. Él permitió que lo besara, inclinando la cabeza para ponérselo más fácil. Pero no le respondió al beso. No debidamente. Estaba permitiendo que ella lo utilizara. Sentía pena por ella.

Le acarició la nuca mientras que se dejaba caer en la cama. Al principio sintió cómo él se resistía, pero al final le permitió que ella lo atrajera hacia sí, y la cubrió con su cuerpo.

Le acarició el pelo, le mordisqueó el labio inferior para después saborearlo con su lengua. Él abrió la boca y ella pudo ahondar en el refugio de ésta.

Suspiró, dándose cuenta de que lo deseaba completamente. Su aroma a almizcle la excitaba.

En un segundo todo cambió. Ronan despertó en sus brazos. El beso que ella había pensado que controlaba se convirtió en un lujurioso y sensual apareamiento de sus bocas. Se aferró a él desesperada. Ronan le apartó las piernas con una de sus rodillas. Ella emitió un grito ahogado al sentir la dureza del cuerpo de él contra el suyo.

Pero no tenía suficiente. Se movió debajo de él, ansiosa por estar todavía más cerca mientras que éste le acariciaba el pelo, la garganta, los hombros y, después, los pechos. El calor se apoderó de ella mientras él le apretaba los pechos, para luego acariciarle un pezón hasta que una sacudida de puro deseo la hizo temblar. Ansiaba más.

Y él se lo dio. Dejó de besarla en la boca para hacerlo por el cuello y dirigirse, impaciente, a besar su otro pezón, por encima de la resbaladiza licra del bañador.

Ella respiró profundamente para tratar de recuperar el oxígeno que le faltaba a su cerebro, pero era imposible pensar viéndole a él sobre sus pechos. Sentir cómo le mordisqueaba los pezones era un tormento exquisito.

Se acercó a él y fue recompensada al sentir el sólido peso de la necesidad de éste contra su cuerpo. Calmó la sensación de vacío, pero sólo por un instante. Ni eso era suficiente en aquel momento.

Ronan bajó su mano para acariciarle el muslo y, cuando tras hacerlo, le acarició entre las piernas, Marina pensó que se le iba a parar el corazón.

—Ronan —murmuró. Su voz denotaba el vehemente deseo que la invadía. Lo deseaba más de lo que nunca se había admitido a ella misma y más de lo que él nunca sabría.

—¿Mmm? —Ronan le mordisqueó la garganta, tras lo cual, como si supiera lo que ella quería, introdujo los dedos por debajo del bañador de ella, acariciando el centro de su pasión.

—¡Ronan!

Indefensa, superada por sensaciones más fuertes de lo que nunca había sentido, sintió cómo su cuerpo se elevaba ante aquel contacto, suplicando más y más.

Una vez más Ronan la satisfizo, introduciendo sus dedos en ella.

—¡No lo hagas! —dijo, jadeando. Era lo que quería, pero al mismo tiempo no lo era. Quería más. Lo quería a él. Todo él.

Pero su caricia era deliberada, rítmica y ella se movió nerviosa, acompañando a su mano.

–¿Que no haga qué? –preguntó él.

De repente ella sintió cómo su cuerpo se ponía rígido, inundado por una increíble sensación.

–No… no pares –jadeó ella mientras que él la besaba y le llevaba a sentir un glorioso y abrumador éxtasis.

Marina se estremeció incontrolablemente, abrazada a él.

Tardó unos minutos en recuperarse de la espiral de intensidad física y emocional en la que se había sumergido. Antes de hacerlo, se dio cuenta de la inconfundible rigidez que tenía Ronan, que estaba muy excitado. Le acarició la mandíbula.

A pesar del maravilloso clímax al que él la había llevado quería más. Lo necesitaba.

«Hazme el amor, Ronan», quiso decir ella. Pero sabía que él no querría oírle decir eso.

–Te deseo –fue lo que susurró.

Él se quedó helado, incluso pareció que hasta se quedó sin respiración.

Nerviosa, le acarició el cuerpo hasta llegar a su sexo, largo y erecto.

–¡No! –exclamó él, apartándole la mano y alejándose de ella.

Marina frunció el ceño. ¿No se suponía que le tenía que tocar?

–Pero tú no has… –dijo ella mientras él esbozaba una desalentadora expresión.

–Eso no importa –parecía que estaba conteniendo muchas emociones.

–Pero… –Marina se mordió el labio inferior, preguntándose qué sería lo que había hecho mal. Alzó sus manos para acariciarle la mandíbula–. Por favor, Ronan.

Él debía saber cómo se sentía ella. Lo encaprichada que estaba de él. No tenía nada que perder.

–Por favor –susurró–. Quiero sentirte dentro de mí.

Estaba tan cerca de él, que pudo ver cómo sus pupilas se dilataron. Pero se apartó de ella.

Al ser despojada del calor de Ronan un escalofrío le recorrió el cuerpo. O quizá fue por la expresión de sus ojos. No era la mirada de un amante. Ni siquiera era la mirada de un amigo.

–No –dijo él, dirigiéndose a mirar por la ventana–. No sabes lo que estás pidiendo.

Marina se mordió el labio inferior con fuerza, esperando que el dolor la ayudara a concentrarse en apartar las lágrimas. Se había enamorado de él. Pero lo que él sentía por ella era pena. Pena y, a juzgar por la expresión que había esbozado al mirarla momentos antes, desagrado, desagrado ante las grotescas cicatrices que no podía esconder.

Parpadeó furiosa y hundió la cabeza en la colcha.

La verdad fue tan devastadora, que ni siquiera se dio cuenta de cuándo salió él de la habitación.

Capítulo 13

RONAN estaba muy excitado.

Tenía el pecho agitado, a punto de reventar y respiraba con dificultad. Se agarró al lavabo del cuarto de baño con ambas manos, tratando de calmarse. Agachó la cabeza y colocó el cuello bajo el agua fría para luego echarse agua en la cara.

Pero no dio resultado. La necesidad que sentía era tan fuerte que hasta le dolía el cuerpo.

«Quiero sentirte dentro de mí». Marina no había sabido lo que pedía.

Un hombre decente se habría marchado, como había hecho él.

Pero un hombre decente apartaría esas palabras de su mente... y él no podía.

Un hombre decente recordaría que ella estaba de duelo, que la habían herido y que necesitaba protección. Incluso necesitaba que la protegieran de sí misma para restablecer su equilibrio.

Un hombre verdaderamente decente sabría que había sido su ego herido el que había pedido aquello y no se aprovecharía.

Tener a Marina en su casa había sido su brillante idea, pero en aquel momento había descubierto, demasiado tarde, lo peligrosa que ella era; era pura tentación.

***

Cuando volvió al dormitorio, Marina estaba todavía en la cama, mirando por la ventana y con un aspecto muy vulnerable.

Cuando se acercó a la cama y tiró una caja de preservativos en la mesilla de noche, ella lo miró asombrada.

–¡No! –exclamó, levantándose–. No hablaba en serio. No quiero que…

Dejó de hablar ya que no encontraba las palabras, pero volvió a hacerlo cuando él comenzó a desabrocharse el cinturón.

–Ronan, no. No quiero hacerlo.

Éste se quitó los zapatos y dejó caer sus pantalones.

–¿Estás segura? –preguntó, agachándose para quitarse los calcetines. Cuando se levantó, vio que ella se acercaba a él. Sus labios eran una sensual invitación, sus pechos magníficos… su cuerpo estaba hecho para él.

–¿Qué es eso? –preguntó ella, casi inaudiblemente para él debido al sonido de los latidos de su corazón.

–Es una cicatriz, Marina –contestó él, que observó cómo ella se quedaba helada–. ¿Es tan feo que no puedes soportar hacer el amor conmigo?

–¡Claro que no!

Marina se acercó aún más a él y le acarició el costado. Ronan se estremeció.

–¿Qué pasó?

–Lo que a ti –contestó con dureza–. Un accidente. Pero el mío fue un accidente de avión. Nuestra Cessna se estrelló contra unos arbustos. Yo tenía veinte años y mi mejor amigo veintiuno. Él era el piloto y murió en el accidente.

–Oh, Ronan.

–Ahórrate tu pena –en aquel momento, Ronan no estaba interesado en recordar todo aquello.

Sólo tenía la mente centrada en una cosa. Marina.

–¿Así que *sí* que sabes?

–¿Qué? –Ronan frunció el ceño, tratando de entender.

–Sí que sabes cómo se siente uno al sufrir algo así –explicó ella, acariciándolo–. Una pérdida… y sufrir heridas.

Ronan le agarró la muñeca y le apartó la mano de su cuerpo. No podía soportar mucho más. No si quería ser capaz de controlarse. Ya estaba empezando a perder el control.

La tomó por los hombros y la recostó en las almohadas. Parecía una vampiresa.

–Ahora no es el momento para hablar sobre ello –logró decir él, bajándose los calzoncillos y acercándose a tomar un preservativo–. Lo único que ahora importa, Marina, es que te deseo endemoniadamente. Y por la expresión de tu cara sé que sientes lo mismo que yo.

Hizo una pausa lo suficientemente larga como para que ella protestara. Pero no lo hizo. En vez de eso, lo miró con una mezcla de deseo y sobrecogimiento.

Él se puso el preservativo y se arrodilló en la cama delante de ella, que todavía llevaba puesto el bañador.

–Quítatelo –susurró.

Ella le obedeció. Primero dejó entrever un pecho, luego el otro. Eran justo como él se los había imaginado. Perfectos. Tremendamente seductores.

Marina se bajó aún más el bañador, pero el suspense era tal, que Ronan se acercó y se lo arrancó. Oyó cómo ella daba un grito ahogado. Él mismo se quedó sin aliento.

Era preciosa. Tenía unas curvas muy sensuales. Acercó su mano a ella pero sin tocarla, ya que si lo hacía estaría perdido antes siquiera de haber empezado.

La miró a la cara y vio que ella lo estaba mirando más abajo, ante lo que él vibró.

–Túmbate –susurró él a duras penas, pero ella entendió y lo hizo.

Ronan se colocó sobre ella, con las rodillas a ambos lados de su cuerpo y pudo sentir cómo temblaba. Se le encogió el corazón.

–Va a estar bien, Marina.

Ella le acarició el pecho, ante lo que Ronan se estremeció. El calor se apoderó de él, respondiendo eróticamente a su caricia. La tomó por ambas muñecas y se las colocó por encima de la cabeza, agarrándolas con una sola mano.

Le apartó los muslos con uno suyo. Vio cómo sus pechos se movían al compás de su respiración, pero no podía lamerlos; no en ese momento. En vez de eso acarició su sexo, acarició el sensible punto femenino. Sus caderas se sacudieron y ella empujó hacia él. Le introdujo un dedo y pudo sentir lo excitada que estaba. Podía oler su esencia femenina.

–Ronan, por favor –Marina dio un grito ahogado–. Ronan…

–Shh. Lo sé, cielo. Quieres más. Como yo.

En ese momento, la miró a los ojos y lo que vio reflejado en ellos le hizo sentirse como un rey. La penetró. Ella cerró los ojos. Era como estar en el cielo y en el infierno a la vez. Éxtasis y tortura al mismo tiempo. Marina era muy estrecha, muy…

Frunció el ceño. ¿No sería…?

Se detuvo, temblando por el esfuerzo de aguantarse y trató de pensar.

Marina tenía una dura expresión reflejada en la cara, no sabía si fruto del placer o del dolor. Pero estaba tensa, con todo el cuerpo tirante como por la impresión sufrida.

Él le acarició un pecho y el pezón. Ella se estremeció y se quedó sin aliento, pero aun así seguía con los ojos cerrados. Ronan le acarició el pecho con toda la mano para luego acercarse a besarlo. ¡Tenía un sabor tan dulce!

–Ronan –susurró ella invadida por la necesidad. Él sonrió y se concentró en disfrutar de acariciar el pecho de ella con su lengua… besándolo, chupándolo, lamiéndolo…–. ¡Ronan!

Éste le puso un brazo bajo la rodilla, colocando la cadera de ella a su altura para poder sumergirse en su calidez.

Marina abrió los ojos, que expresaban cómo lo deseaba y Ronan supo que era el momento.

–Marina –dijo al penetrarla. Nunca antes había sentido algo así; una necesidad salvaje combinada con tanta ternura, con tanta necesidad de entregarle todo. Ella era mucho mejor de lo que se había imaginado.

Le besó el cuello y ella se estremeció. Lo abrazó por los hombros con ademán posesivo. Levantó más las rodillas, abrazándolo con sus largas piernas, haciéndolo con más fuerza cuando comenzó a moverse más rápidamente. Él casi se perdió en ese momento.

Le costó contenerse, pero tras hacerlo oyó cómo ella lo llamaba, sintió cómo se apretaba contra él, haciendo que la penetrara más rápidamente… fue entonces cuando se dejó llevar por el puro y salvaje éxtasis de hacer el amor con Marina.

Nada se podía comparar con aquello. Se apartó de ella y la abrazó cuando se recostó en la cama.

No. No había sido un hombre decente. No se había preocupado de lo que estaba bien, sólo de satisfacer su deseo.

Ella había sido virgen. Y contra todo pronóstico él

había sido la primera persona que le había hecho el amor. Todavía le aturdía sólo pensarlo. Se sintió poseído por un sentimiento de propiedad sobre ella. No pudo evitar una sonrisa de satisfacción. Le acarició posesivamente el cuerpo.

Marina necesitaba que la cuidara. Había confiado en que él la ayudaría y la protegería.

Pero le había fallado. No había sido honrado. No la había protegido. En vez de eso había sido imperdonablemente egoísta, se había aprovechado de la debilidad de ella cuando estaba más vulnerable. Debería avergonzarse de sí mismo. Esperó que su conciencia le diera una bofetada.

Pero no lo hizo. En vez de eso sintió una petulante satisfacción por haber conseguido lo que necesitaba…

Capítulo 14

MARINA se despertó entre la suave seda de las sábanas. Suspiró y hundió la cabeza en la almohada.

Sentía su cuerpo vivo de una manera que nunca antes lo había sentido. Se sentía maravillosamente completa. Y todo por Ronan. El hombre que le había hecho sentirse preciosa, atractiva, especial. Como si realmente *fuese la* mujer de sus sueños.

Tímidamente acercó su mano para acariciarle el pecho. Necesitaba que la abrazara de nuevo para convencerse de que aquello no era un sueño. Pero al hacerlo encontró que la cama estaba vacía, todavía cálida por el calor que había dejado el cuerpo de él.

Algo parecido al pánico se apoderó de ella. Abrió los ojos y se dio cuenta de que era verdad; estaba sola. Tragó saliva para deshacer el nudo que tenía en la garganta debido a la angustia que sentía. Las lágrimas empañaron su mirada.

Se preguntó qué había esperado. ¿Una declaración de amor? ¿Una promesa de amor infinito?

Apretó los labios amargamente al darse cuenta de su estupidez.

Se levantó de la cama. La vida le había enseñado que no había que creer en los milagros; no debía sorprenderle que él hubiese tomado lo que ella le había ofrecido y se hubiese marchado.

Se tapó con la colcha. Estaba temblando y tenía frío. Se dirigió al cuarto de baño y, mientras lo hacía, al ver su bañador al lado de la ventana, apartó la vista de él. Supo lo que había hecho.

Cuando llegó, cerró la puerta tras de sí y se metió en la ducha. Abrió el grifo y trató de regular el agua. Se había entregado a Ronan Carlisle. Le había suplicado. Se había ofrecido a él con tanto descaro, que él había vencido su desagrado y sus escrúpulos. Habían practicado sexo.

Pero ella había hecho el amor. Había sido una tonta. Una tonta ridícula y patética. Rezó para que él no hubiese descubierto sus verdaderos sentimientos hacia él.

Dejó que el agua cayera por todo su cuerpo como si pudiese lavar la debilidad fatal que había tenido.

Pero ni en aquel momento, haciendo frente a la verdad brutal, podía decir que se arrepintiera de lo que había ocurrido.

Había sido maravilloso. Apasionado y ardiente. A pesar de que él no sentía nada por ella, la había hecho sentirse como una reina.

Le encantaba y quería más.

Ronan no le había engatusado con dulces palabras ni con falsas promesas. No podía haber dejado más claro que no quería una relación sentimental. Se había marchado de su lado.

Pero no se podía negar que lo que habían compartido había sido maravilloso.

Salió de la ducha y se secó rápidamente. Se puso una toalla alrededor del pelo. Tenía que pensar en lo que iba a hacer, en cómo iba a salir de aquella situación imposible. O en si quería hacerlo.

Cinco minutos más tarde, la cama estaba hecha, como si no hubiese sido el escenario de un desastre tan grande. Le temblaban tanto las manos, que tuvo que apretarlas con fuerza. Se dirigió al armario y se vistió con uno de los conjuntos que Bella le había convencido que comprara.

En aquel momento más que nunca necesitaba seguridad en sí misma y aquel conjunto le daría la confianza que tan desesperadamente necesitaba. Aquel vestido rojo marcaba su figura haciéndola sentirse femenina.

Estaba sentada en la cama desenredándose el pelo y deseando poder desenmarañar el embrollo en el que su vida se había convertido cuando llamaron al teléfono.

–¿Hola?

–Quiero hablar con Marina Lucchesi –el inconfundible tono de voz impaciente de Wakefield la dejó sin palabras–. ¿Le puede decir que se ponga?

–Soy yo –contestó, preguntándose qué demonios querría.

–Por fin. Soy Charles Wakefield –dijo, haciendo una pausa como esperando a que ella dijese algo–. Te has estado escondiendo, Marina. No has contestado a las llamadas de mi asistente personal.

–Perdón –dijo ella, frunciendo el ceño–. ¿Qué llamadas?

–Mi asistente personal te ha estado llamando todos los días. ¿Dices que no te han llegado los mensajes?

Marina agitó la cabeza, planteándose si debía creerle.

–No he recibido ningún mensaje tuyo. ¿Qué ha pasado? ¿Con quién habló tu asistente?

–¿Importa eso ahora? Con quien sea que tu amante tenga ahí contratado.

Marina se apoyó en la cabecera de la cama, restregándose la sien, ya que tenía dolor de cabeza. Se preguntó por qué la señora Sinclair… o Ronan… no le habían pasado los mensajes.

–Parece como si Carlisle no quisiera que te vieras conmigo.

Marina estuvo de acuerdo. Eso era lo que parecía. La señora Sinclair era demasiado organizada como para olvidar algún mensaje. Le debían haber dicho que no se los diera. No entendía por qué, cuando la razón de que ella estuviera allí era para atraer a Wakefield.

–Estoy segura de que ha habido algún error –ofreció finalmente. No quería tratar con Wakefield, pero él era el hombre que tenía su compañía; la llave de su futuro y el de Seb–. ¿Por qué me has llamado?

–¡Ah! Una buena pregunta –Wakefield hizo una pausa y ella se estremeció–. Quedamos en vernos… ¿no te acuerdas? Nosotros dos solos. Querías hablar sobre la compañía de tu familia.

–Así es –contestó ella. A pesar de sus reservas se le aceleró el pulso.

–Bien. Pues quedemos. Cuanto antes, mejor.

Marina levantó la vista al oír la puerta abrirse y se le cortó la respiración. Allí estaba Ronan, con pantalones vaqueros, la camisa abierta y descalzo, mirándola. Se quedó impresionada.

Avergonzada al excitarse sólo de verlo, agarró el teléfono con más fuerza.

–¿Marina? –dijo Wakefield con dureza–. He dicho que será mejor que quedemos pronto.

–Estoy de acuerdo, Charles. Tan pronto como quieras.

Abrió los ojos como platos al ver a Ronan, tenso, frunciendo el ceño, adentrándose en la habitación.

–¿Qué te parece esta noche? –propuso Wakefield.

Ronan se había colocado a su lado, casi sobre ella, con la desaprobación reflejada en los ojos.

–Parece estupendo –dijo con la voz ronca. Se aclaró

la garganta–. Quedamos y nos tomamos algo. ¿Dónde y a qué hora?

Miró hacia el reloj de la mesilla de noche cuando él le dijo el caro bar de la ciudad al que quería ir. Se dio cuenta de que se tenía que marchar pronto.

–Bien. Allí nos vemos –colgó el teléfono bruscamente antes de arrepentirse.

–¿Vas a ver a Wakefield? –la voz de Ronan reflejaba tensión.

–Sí –contestó, evitando su mirada–. Sólo tengo tiempo para maquillarme y secarme el pelo.

–¡No vas a verlo! –Ronan parecía escandalizado.

–¿Por qué no? –Marina no podía pensar con claridad cuando tenía a Ronan tan cerca de ella. Se apartó de él–. Ésa era la razón de todo este absurdo engaño, ¿no es así?

Ronan la agarró por la muñeca y la atrajo hacia él. Ella anhelaba su pasión y su ternura. Y eso la ponía furiosa. ¿Cómo podía ser tan débil?

–¿Por qué nadie me dijo que su asistente personal ha estado llamando, que quería hablar conmigo? ¿A qué estás jugando?

–Necesitabas descansar. Has pasado por mucho últimamente y necesitabas tiempo para recuperarte. Hacer creer a Wakefield que eras inalcanzable no ha hecho ningún daño. Ha avivado su interés.

Tras haber asimilado aquello, Marina habló.

–Bueno, en un futuro, agradecería si me consultarás antes de interferir.

–He tenido a Wakefield en mi punto de mira desde hace tanto tiempo, que estoy acostumbrado a decidir por mí mismo.

–Pues conmigo no puedes hacerlo –los ojos de Marina reflejaban enfado y pasión.

Ronan deseaba esa pasión para él. En aquel momento, de nuevo. Durante toda la noche.

Marina era como una droga. La única razón por la que la había dejado sola en la cama había sido porque sabía que había sido su primera vez. Estaría sensible, incluso dolorida. Y si se hubiese quedado allí, desnudo junto a ella, nada le hubiese impedido volver a tomarla.

–Yo me encargaré de él –dijo Ronan ásperamente.

–¡No! –Marina soltó su mano y se dirigió al cuarto de baño–. Yo iré a verlo. Después de todo, es mi problema.

Ronan frunció el ceño. Ella tenía razón. Ya era hora de que se encontraran. Haberla mantenido incomunicada había servido para que Wakefield la deseara aún más y para que él tuviera contacto con algunos acreedores de éste y adquiriera algunas acciones útiles.

No sabía por qué se estaba poniendo tan tenso. Al verla de aquella manera vestida sintió de nuevo aquella fiera sensación de posesión.

«No puedes irte esta noche porque acabamos de hacer el amor y quiero volver a hacerlo. Porque hace una hora eras virgen y necesitas que yo te mime. Porque me pone enfermo pensar que vas a ver a Wakefield cuando eres mía. Porque te mirará con ese vestido y se pasará el resto del tiempo imaginándote sin él. Porque estoy celoso», pensó Ronan.

¿Estaba celoso? ¿De Wakefield?

Imposible.

Wakefield no era más que un enemigo para Marina.

Era *él*, Ronan, quien la tenía en su casa, en su cama. Él era el amante de Marina.

Pero no podía negar la irrazonable furia que le invadía al pensar en que ella pasase tiempo con Wakefield. O con cualquier otro hombre...

No sabía qué demonios le estaba pasando. Nunca había sido un amante celoso. Había sido protector, pero nunca había sentido aquella actitud posesiva.

–Sí –se forzó a asentir con la cabeza–. Será mejor que lo veas. Pero tendrá que ser durante poco tiempo. Sacaré el coche y te veré abajo.

Sus miradas se cruzaron en el espejo del baño y casi cambió de idea sobre dejarla marchar. Se había maquillado de tal manera que acentuaba su belleza. Él sólo quería que lo hiciera para él.

–Tomaré un taxi.

–Irás conmigo –dejó claro Ronan.

–Wakefield pensará que es extraño si me llevas a verme con él. ¿Qué amante lo haría?

–Deja que Wakefield piense lo que quiera. Yo te llevo.

«O no vas», dijo para sí mismo Ronan.

Marina se quedó mirándolo durante un segundo y siguió maquillándose. Él se marchó de allí antes de tomarla en brazos y hacerle el amor.

Capítulo 15

MARINA se abrió paso hacia la salida del bar, ignorando el bullicio que había junto a la ventana, donde Wakefield estaba sentado solo. Excepto por la camarera que fregaba lo que se había vertido.

Era una pena que hubiese pedido una botella de champán. Si hubiese sido vino tinto, le habría dejado una mancha mucho más satisfactoria en su traje gris plata. Una que durara.

Cuando salió a la calle, una sombra surgió de la oscuridad y se colocó a su lado. Era Jackson Bourne, el jefe de seguridad de Ronan. Tenía instrucciones de esperarla y llevarla de vuelta a la casa. En un principio ella se había opuesto, pero en aquel momento lo agradeció.

La presencia de Bourne le recordaba a Ronan. Quería echarse en sus brazos. Él le diría que todo estaba bien, que juntos vencerían a Wakefield. Y que la amaba.

¡Sí! ¡Seguro!

Súbitamente, la indignación que se había apoderado de ella cuando había estado con Wakefield desapareció. Se sintió vacía y débil. Le temblaron las piernas y tuvo que juntar las rodillas para mantenerse en pie.

—¿Señora Lucchesi? ¿Está usted bien? —preguntó Bourne, preocupado.

—Estoy bien, gracias. ¿Dónde está el coche?

—Está aquí —Bourne señaló hacia un reluciente coche negro.

Marina entró en el coche y observó cómo Bourne telefoneaba rápidamente. Pensó que sería a su jefe, para decirle que ya la iba a llevar de regreso. De diferente manera, Wakefield y Ronan la habían hecho sentirse aquella noche como una mercancía. Como algo que se podía comprar.

Se mordió el labio inferior, deseando poder volver en aquel momento a su casa. Pero había sido vendida; ella ya no tenía casa.

Se estremeció ya que estaba exhausta. Miró por la ventanilla del coche, parpadeando para contener las lágrimas de fracaso y desilusión que amenazaban con brotar de sus ojos.

Cuando llegaron a casa de Ronan y Bourne aparcó el coche, ella abrió la puerta incluso antes de que éste lo hubiese apagado.

–Gracias por traerme –dijo por encima del hombro mientras salía.

Ronan le abrió la puerta de la casa y se quedó allí apoyado, mirándola.

–Marina.

–Hola, Ronan –dijo ella sin mirarlo a los ojos. Él se apartó para dejarla pasar.

Mientras se dirigía hacia las escaleras, oyó un murmullo de voces masculinas. Se planteó si Bourne había presenciado la escena con Wakefield. Pero realmente no le importaba.

–Marina –dijo Ronan cuando ésta ya estaba arriba de las escaleras.

–Estoy cansada, Ronan. Me quiero ir a la cama.

–Tenemos que hablar –dijo él, siguiéndola por el pasillo.

–Esta noche no –Marina sólo quería encerrarse en su habitación.

—¿Has comido?

—No tengo hambre —contestó, con la atención puesta en la puerta de su habitación.

—Bien —dijo él, agarrándola por la muñeca—. Entonces no te importará si hablamos en vez de cenar —la dirigió hacia su habitación, abriendo la puerta con su otra mano.

—¡No! —exclamó, tratando de liberarse.

—Sí —dijo él, empujándola dentro de su espacio privado—. No te preocupes, no te voy a morder.

—¡Déjame! —Marina ya había aguantado suficiente manipulación aquella noche.

—¡Maldita sea, Marina! Necesito hablar contigo.

Pero a ella ya no le importaba nada. Había llegado al límite. Respiró agitadamente mientras trataba de soltarse. Pero de repente él la colocó contra la pared y apoyó su cuerpo en ella. Puso las manos en la pared a ambos lados de la cabeza de ella, que apenas podía moverse.

Pero a pesar de su furia impotente, un insidioso sentimiento de deseo se desplegó por todo su cuerpo, que se rindió ante la agobiante intensidad de sus emociones. No le quedaban fuerzas para luchar contra ellas nunca más.

Él no la amaba ni la necesitaba. Pero ella lo amaba y lo necesitaba lo suficiente como para compensarlo. Ya no tenía orgullo.

—Marina —susurró él. Ella lo miró, engañándose y obligándose a creer que aquella palabra conllevaba nostalgia.

Pero de repente él se apartó de ella. Su alma gritó por el tormento que sintió al verse privada de él.

Ronan se quedó allí de pie, mirándola en silencio. Ella sintió cómo la estaba mirando, pero no podía mirarlo a los ojos. Parpadeó cuando la tomó de la mano y la condujo a sentarse a su lado en la cama. Los acontecimientos le habían sobrepasado. Estaba entumecida.

Fascinada, observó cómo le cubría la mano con la suya y le acariciaba la muñeca con su dedo gordo, haciendo que todo su cuerpo se estremeciera.

–Marina. ¿Qué ha pasado cuando has visto a Wakefield?

Ella se sintió decepcionada. Ronan realmente quería hablar.

–Marina –instó con suavidad–. ¿Qué ha pasado?

Ésta frunció el ceño, tragándose el nudo que tenía en la garganta al recordar a Wakefield.

–Bueno… ¿me lo vas a contar?

Fue en ese momento cuando Marina lo reconoció. Ronan estaba impaciente. Más que eso. Estaba preocupado Estaba preocupado por ella.

Observó cómo los músculos de su mandíbula se ponían tensos y cómo se le aceleraba el pulso. Supo que Ronan castigaría salvajemente a Wakefield. Ella sólo tendría que decir una palabra para que fuera así, ya que Wakefield era su enemigo declarado.

Ella había sabido que Wakefield era escoria. Aquella noche sólo lo había confirmado. La sucia sugerencia que le había hecho era lo que debería haber esperado del hombre que había estafado a su hermano de una manera tan despiadada. Se había divertido siendo cruelmente franco sobre lo que ella tendría que hacer para que él reconsiderara la propiedad de su compañía.

Se sintió sucia al recordar el insulto de Wakefield, su mirada lasciva y su devoradora sonrisa. Sabía que la respuesta de Ronan si le revelaba lo que había pasado sería rápida y violenta. Probablemente acabaría con un cargo por agresión. Y Wakefield no merecía la pena.

–Si te ha hecho daño, le destruiré. Ahora mismo –dijo Ronan, enfurecido.

–¡No! –dijo ella, tomándole por la muñeca, sintiendo cómo le latía el pulso–. No hay nada por lo que disgustarse –deseó que él la creyera–. Wakefield estaba interesado, pero no me obligó a nada. Simplemente no me gusta estar a solas con él. Me da escalofríos.

Logró sostener la mirada de Ronan hasta que éste le acarició la frente.

–¿No trató de tocarte?

–No –contestó. Wakefield había esperado que fuese ella quien lo hiciera.

–No volverás a estar a solas con él.

Nunca antes había dejado que nadie luchase por ella. En realidad nadie se había ofrecido a hacerlo. Pero Ronan estaba asumiendo ese derecho. Y ella no podía pelear durante más tiempo.

No la amaba, pero la protegería de Wakefield.

–No debería haber dejado que te vieras con él a solas –dijo, con la furia reflejada en la voz–. En el futuro, seré yo el que trate con él. No importa lo que él prometa. Tú te mantendrás alejada de él.

–Lo haré –dijo ella, asintiendo con la cabeza, contenta de estar en terreno seguro.

–¿Confías en que yo me haga cargo de todo? –murmuró él, acariciándole la cara.

Marina no tenía ninguna duda en dejar todo en sus manos. Si alguien podía recuperar su compañía era él. Haría lo que pudiese por Seb y por ella.

–Yo… sí. Sí. Confío en ti –contestó, aliviada al admitirlo.

Los ojos de Ronan echaban chispas. A ella le costó respirar ante la intensidad de su mirada. Él le acarició los labios, consiguiendo que ella tuviese que luchar contra la desesperada necesidad de acercarse aún más a él, de presionar sus sensibles pezones contra el pecho de éste e invitarle a que la tomara de nuevo.

Tenía que irse de allí antes de perder el control. Cerró los ojos, tratando de obtener fuerzas para marcharse. Pero la oscuridad sólo aumentaba la intimidad de su caricia, la agobiante sacudida de necesidad que hacía que su cuerpo y su determinación flaquearan.

Cuando abrió los ojos, vio que Ronan tenía la cara cerca de ella. Un escalofrío le recorrió la espina dorsal.

—Me debería marchar —susurró. Aquello no sonó convincente ni para ella.

Con su otra mano Ronan le acarició el brazo, el hombro y subió por su cuello. Cuando le introdujo los dedos por el pelo y masajeó su cuero cabelludo, ella se derritió.

—Ronan, realmente pienso que… —no pudo terminar de hablar, ya que él acercó los labios a la comisura de su boca. La besó delicadamente, pero hizo que ella sintiera una explosión de necesidad. Su cuerpo recordó el éxtasis al que aquel hombre la había llevado.

Él se alejó lo suficiente, aunque sin soltarla, como para poder mirarla a los ojos. En ese momento, un leve movimiento por parte de ella y se soltaría. Si quería, se podía marchar.

Debería estar aliviada, pero en vez de ello se quedó confundida, consternada por su falta de decisión. Él le estaba dando una oportunidad.

Debería marcharse en aquel momento mientras todavía podía pensar con claridad. Estaría invitando a que le rompiera el corazón si permitía que le hiciera el amor de nuevo.

Pero aquel hombre la excitaba. Más que eso; tenía su corazón. Se preguntó cómo podía negarse cuando él era todo lo que quería.

Tímidamente, se acercó y tocó con su temblorosa mano el pecho de Ronan. Notó lo rápidamente que le latía el corazón, evidencia del deseo que sentía por ella.

Aquello no debía de suponer ninguna diferencia. Pero inevitablemente suponía toda la diferencia del mundo. Él se preocupaba por ella, sentía algo por ella aunque no fuese amor. Y en aquel momento la deseaba. A ella, a la mujer que se había enamorado perdidamente de él.

–Quiero hacerte el amor, Marina. Como es debido. Quiero demostrarte lo bien que pueden ir las cosas entre nosotros. Te mereces más de lo que te he dado antes. Mucho más.

Marina se ruborizó y se estremeció sin remedio, sabiendo que estaba perdida. Apenas se dio cuenta de lo que continuó diciendo él, que tenía la pasión reflejada en los ojos.

Le tomó la mano para darle un erótico beso en la palma. Ella se sintió consumida por la necesidad. No tenía defensas.

Pudo leer en sus ojos que estaba esperando una respuesta. La manera en la que se estremecía ante sus caricias no era suficiente. Le acarició el pecho y se puso tenso cuando ella le introdujo los dedos por el pelo, que era maravillosamente suave y sexy.

Ronan se acercó a ella, hasta que su cara estuvo a pocos centímetros de la suya. La besó en la boca y Marina se estremeció al sentir los fuertes brazos de éste abrazándola con fuerza.

Despacio, la tumbó en la cama y le quitó la ropa. La acarició de una manera muy sensual.

La besó apasionadamente y ella pensó que iba a explotar de placer. Ronan bajó su cabeza y le tomó un pezón con la boca. Al principio lo acarició delicadamente con la lengua para luego chuparlo con fuerza. Marina estaba desesperada por que la penetrara y lo acercó contra ella.

Pero él se negaba a tener prisa. Exploró todo su cuerpo, besándola y acariciándola de la manera más delicada posible. Ella vibró por la necesidad insatisfecha que tenía; deseaba mucho más. Pero él usó su fuerza para dominar los desesperados intentos de ella por desnudarlo. Le agarró las muñecas y echó su sólido peso sobre ella.

Le hizo sentir sensación tras sensación. Le lamió desde la muñeca hasta el pecho. Ella se estremeció de placer, soltándose de él.

Comenzó a hacer saltar los botones de la camisa de Ronan al intentar quitársela con prisa. Él la tomó de las manos y las colocó sobre su pecho. Y entonces la miró a los ojos. Ella contuvo la respiración ante la pasión que reflejaba la mirada de él.

–Ronan –tragó saliva con fuerza. Tenía un nudo de desesperación en la garganta–. ¡Deja que lo haga!

Él agitó la cabeza y se dispuso a besar sus pechos.

–¡Por favor, Ronan!

Se detuvo a un milímetro de unos de sus pezones. Entonces alzó la cabeza y se colocó sobre ella. Parecía serio.

–Te *necesito*.

Algo cambió en la expresión de la cara de Ronan y de repente se apartó de ella. Se quitó la ropa a toda prisa. A ella se le cortó la respiración al ver su cuerpo desnudo. Era precioso.

Se marchó para ponerse un preservativo y volvió. Sus movimientos fueron más delicados. Se echó sobre ella, que disfrutó al sentir su cuerpo presionado por el de él.

Deseaba todo de él. Cada centímetro de su cuerpo. Y lo quería en ese momento.

Casi gritó aliviada cuando él separó sus muslos y la penetró con mucha delicadeza.

—Levanta las rodillas —susurró él.

Ella obedeció y emitió un grito ahogado cuando él la penetró por completo. Movió las caderas un poco, asombrada ante la sensación de tenerlo tan dentro de ella.

—¡No! —exclamó él con la voz ronca—. No te muevas.

Pero Marina quería más. El olor de Ronan era sensual, excitante. Levantó la cabeza y le chupó el cuello, llevándose a la boca la pura esencia de éste, que gimió y se estremeció. Ella lo abrazó estrechamente. Sabía que nunca querría soltarlo.

—Sí —dijo, inclinando sus caderas provocativamente, deleitándose por el placer que sentía.

Ronan retomó el control, transformándose en pura energía. Se movió dentro de ella de una manera experta y rítmica a la que ella instintivamente acompañó.

Marina se aferró a él. Su energía erótica la asustaba tanto como la estimulaba. Pero entonces algo estalló dentro de ella… una tormenta desatada que electrificó sus sentidos. Aquella intensidad de poder era demasiado fuerte para ella. El mundo le daba vueltas y gritó por el placer tan intenso que estaba sintiendo.

Entonces la satisfacción les llenó a ambos. Aturdida por todo lo que estaba experimentando, pudo sentir cómo él se apretaba con fuerza contra ella y gemía contra su pelo…

Capítulo 16

Marina estaba atrapada, incapaz de seguir con su vida. Pero no por el golpe que le había dado Wakefield ni por los planes de Ronan de recuperar su compañía.

Sus prioridades habían cambiado. Observó el brillante color azul de la piscina. Pero era a Ronan a quien veía. Con su incesante energía, con su pasión y con su delicadeza se había ganado su corazón. Era el hombre más fuerte y fascinante que ella había conocido en su vida.

Se dijo a sí misma que él no la necesitaba realmente. Pero aquello no cambiaba sus sentimientos. Ansiaba estar con él. Lo deseaba como su amante y compañero.

Le bastaba con sentirse deseada. Por lo menos en aquel momento. Se excitó al recordar la manera en que se la comía con los ojos; como si nunca tuviera suficiente de ella. La deseaba tan descaradamente que la hacía sentirse poderosa…

Incluso en aquel momento en que Ronan estaba fuera, en viaje urgente de negocios, la hacía sentirse especial. La telefoneaba a diario y con sólo oír su voz a ella se le aceleraba el pulso, lo que le recordaba cuánto lo amaba.

Para empeorar las cosas, se sentía culpable por mentir. No había admitido que estaba allí bajo falsas pretensiones. El plan de Ronan se había echado a per-

der en cuanto ella se negó a la proposición de Wakefield de que se prostituyera para recuperar su empresa.
Pero no le había comentado nada a Ronan sobre ese in-
cidente. Si lo hiciera, no tendría ninguna razón para
quedarse. Su papel en todo aquello se habría acabado.

Tenía claro lo que había; Ronan se preocupaba por
ella, la deseaba y perseguía el escarceo amoroso que tenían con un apetito voraz. Pero nunca había mencionado
que fuera a continuar para siempre. Aquello era una
aventura. Antes o después aquella pasión se agotaría.

A pesar del sol que hacía aquella tarde, sintió que el
frío le calaba los huesos.

Tenía pavor ante la decisión que tenía que tomar. El
especialista le había dicho aquella misma mañana que
su recuperación había sido excelente. Podía volver a trabajar pronto. A media jornada. Debería estar contenta.

Eso era lo que necesitaba; centrarse en su futuro. Aunque la compañía ya era de Wakefield, todavía tenía su trabajo. Podría trabajar allí hasta que encontrase otra cosa.

Pero necesitaría un lugar donde vivir. Tragó saliva
para intentar eliminar el agrio sabor que le causaba la
realidad y se forzó a pensar en el futuro. Un futuro que
no incluía a Ronan. Sólo pensar en dejarlo le dolía.
Pero al final él querría que se marchara y sería mejor
que lo hiciera con dignidad, teniendo todo planeado.

De mala gana, tomó el periódico que había sobre la
mesa del jardín. Ya había marcado algunos pisos que le
podían interesar. Debía telefonear para verlos, pero no
se veía capaz. Volvió a dejarlo donde estaba.

Bruscamente echó la silla para atrás, se acercó al
borde de la piscina y se zambulló en el agua. Nadó un
poco y, cuando paró, aspirando profundamente y parpadeando para quitarse el agua de los ojos, se le hizo
un nudo en la garganta al ver a Ronan.

Tiernamente lo miró y vio que sólo llevaba puesto el bañador y una toalla colgada del hombro. Se le aceleró el pulso y le invadió la excitación. Se preguntó qué haría de vuelta dos días antes de lo previsto.

Pero entonces vio que éste estaba frunciendo el ceño y nadó hacia él, preguntándose qué pasaría.

Él se metió en el agua y la abrazó por el costado, alzándola en sus brazos.

–Hola, Ronan.

–Marina –contestó él, que comenzó a besarla, abrazándola estrechamente.

A ella le dio un vuelco el corazón y se preguntó cómo iba a poder soportar estar sin él.

Cuando dejó de besarla permaneció abrazándola y ella se aferró a él.

–¿Qué es lo que pasa? –preguntó Marina al observar la adusta mueca de la boca de Ronan.

–¿Estás buscando piso? –contestó con voz dura y acusadora.

Aquello era lo último que esperaba oír Marina. Preocupada, no supo qué contestar.

–Simplemente estaba comprobando lo que se puede conseguir.

Ronan la abrazó aún más estrechamente, pero sin decir nada.

–Necesito pensar en el futuro –dijo ella, deseando que él la interrumpiera y le dijese que su futuro estaba junto a él, cosa que no hizo–. Hoy he ido al médico.

–¿Qué ha dicho?

–Que me he recuperado estupendamente –dijo, esforzándose por esbozar una sonrisa–. Dice que pronto podré volver a trabajar. Tendré que empezar trabajando sólo unas pocas horas al día. ¿No es maravilloso?

–Maravilloso –dijo él en un tono inexpresivo.

Marina frunció el ceño.

–¿Quieres volver a trabajar?

Ella asintió con la cabeza despacio.

–¿Y quieres encontrar un lugar donde vivir?

–Bueno, yo… Sí. Sí que quiero –mintió ella.

–Pues tus planes van a tener que esperar –dijo él, esbozando una dura expresión.

–No entiendo. ¿Por qué deben esperar?

Durante un rato, él se quedó mirándola, casi como si no supiera qué contestar.

–No hemos terminado con Wakefield… ¿o te has olvidado? Necesito que te quedes aquí hasta que terminemos con eso –hizo una pausa–. No querrás arriesgar las posibilidades de hacerle pagar por lo que ha hecho.

–Me conformaría con que me devolviera mi compañía –dijo ella–. Pero que yo me quede aquí no supondría ninguna diferencia.

–Hay otra razón por la que te debes quedar –Ronan acercó su boca a la de ella.

–¿Sí?

–Sí –asintió con la cabeza sin dejar de mirarla–. Esto.

Ronan la besó con pasión, con una pasión que no se parecía en nada a nada que hubiesen compartido con anterioridad. Era una pasión desmedida.

–Te he echado de menos –murmuró él en sus labios–. Y tú también me has echado de menos a mí. ¿O no?

–Sí –susurró ella mientras se abrazaba a él–. Te he echado de menos, Ronan.

Éste le mordisqueó el lóbulo de la oreja y ella se estremeció, consciente de que no tenía la fuerza para dejarlo. Por lo menos no en aquel momento… no cuando la estaba besando de aquella manera.

–¡Ronan! No podemos. Aquí no –dijo ella al darse cuenta de dónde estaban cuando él trató de quitarle el bañador. Salieron de la piscina.

–Claro que podemos –Ronan la agarró y le acarició los pechos tras descubrirlos. El calor se apoderó de ella lanzando flechas entre sus piernas, donde él estaba presionando. Dio un grito ahogado y trató de controlar el temblor que se apoderó de ella… le quemaba el deseo.

–La señora Sinclair… –comenzó a decir Marina, luchando para mantener el control.

Ronan agitó la cabeza y apretó los pezones de Marina entre sus dedos.

–Le he dado el resto del día libre. Estamos solos. Nadie puede vernos. Las puertas están cerradas. No habrá intrusos.

Marina se rindió. No sabía cuánto tiempo iba a estar junto a él, pero no era tan masoquista como para no aceptar su pasión mientras la tenía.

–Bien –dijo, empujándolo por el pecho para que se tumbara.

Se quitó el bañador. Él se quitó el suyo y colocó unos de los muslos de Marina alrededor de su cintura. Ésta cerró los ojos, aliviada al sentirlo sobre ella. Aquello era lo que deseaba con tantas ganas. Él tomó su otra pierna e hizo que lo abrazara con ella. Ella se acercó a rozar con sus pezones el pecho de él.

–Sí –replicó él–. Más alto –con un decisivo movimiento se introdujo dentro de ella.

Marina abrió los ojos para mirarlo cuando comenzó a temblar.

–Sí –dijo él de nuevo.

La ternura que Marina vio reflejada en sus ojos le llenó el corazón de emoción.

–Agárrate –la pasión se apoderó de él.

Ella se aferró a él cuando éste se comenzó a mover más rápido. Perdieron el control de la manera más maravillosa.

Él permaneció mirándola hasta que ella no pudo aguantar más y gritó su nombre cuando llegó al éxtasis, necesitándolo… amándolo.

Como si hubiese sido la señal que había estado esperando, Ronan se movió con fuerza dentro de ella una última vez y hundió la cara en su cuello mientras que los estremecimientos se apoderaron de él. Marina lo abrazó, sintiendo la ridícula necesidad de protegerlo…

Ronan se apretó la corbata mientras miraba a Marina, que estaba durmiendo en su cama. Él también estaba muy cansado. Tras haber batido todos los récords y haber terminado en apenas cinco días el trabajo de dos semanas y tras un largo viaje en avión desde Perth, se había pasado la noche haciéndole el amor a Marina.

Quería quitarse el traje y volver a hacerlo. Pero no podía. No aquel día. Tenía que resolver un último asunto en la oficina antes de tomarse un merecido descanso.

Había organizado todo. Frunció el ceño, recordando la sorpresa que se había llevado el día anterior. La noticia de que Marina tenía planeado marcharse le había parado en seco. ¡Qué irónico que se pretendiera marchar en ese momento, justo cuando todos sus esfuerzos habían tenido resultado y se había hecho con varias empresas de Wakefield!

Capítulo 17

SEÑORA Lucchesi? Tiene una llamada.

Marina levantó la mirada de su desayuno.

–Es el señor Wakefield –dijo la señora Sinclair.

Aunque Ronan le había asegurado que Wakefield ya no le podía hacer daño, Marina se estremeció.

–Gracias –dijo, acercándose a tomar el teléfono–. Marina Lucchesi –dijo por fin.

–Ya era hora –dijo Wakefield–. Tengo unos documentos para ti. Tenemos que vernos.

–Lo siento, señor Wakefield, no tenemos nada que discutir.

–En eso estás equivocada, cielo. Éste es tu negocio. Tuyo y de tu hermano. Tengo los documentos para transferir tu compañía aquí conmigo.

Marina se quedó helada. No podía ser cierto. ¿O sí?

Sabía que los planes de Ronan marchaban bien, pero si estaban tan cerca de la victoria se lo habría dicho.

–¿Me has oído? –preguntó de mala gana Wakefield.

–Sí.

–Bien. Haz que me abran las puertas de seguridad. Estoy a un par de manzanas de la casa. Llegaré en un par de minutos.

¿Dejarle entrar? La idea le horrorizaba y además le había dicho a Ronan que no volvería a verlo a solas. ¿Pero podía negarse? Si Wakefield estaba dispuesto a devolver la compañía… ¿podía correr el riesgo de hacer que se marchara?

–¿O ya no estás interesada? –dijo él en un tono de voz detestable.

–Haré que te abran las puertas –dijo, disfrutando de finalizar la llamada antes que él.

No quería volver a verlo. Se le puso la carne de gallina sólo de pensarlo.

Diez minutos después, cuando se sentaron en el salón, se dio cuenta de que no parecía que Wakefield hubiese perdido nada. Era el epítome del éxito, aunque algo había cambiado en él desde la última vez que lo había visto. Estaba más envejecido.

–Tu amigo Ronan ha estado ocupado. Le felicito –dijo con sarcasmo–. Es obvio que tenía un incentivo –la desnudó con la mirada.

–¿Qué quieres? –exigió saber ella, ignorando el hecho de que se había ruborizado.

–Ya te lo he dicho. Tengo los documentos que quieres. Todavía los quieres, ¿no, Marina?

Ella asintió con la cabeza.

Despacio, sin dejar de mirarla, Wakefield abrió su cartera y sacó muchos documentos.

–Los documentos de transferencia de mi propiedad sobre tu compañía. ¿Qué valor tienen para ti? ¿El suficiente como para darme lo que quiero? ¿Para que me des lo que le has estado dando a Carlisle durante las últimas semanas?

A ella le dieron náuseas. Aquel hombre no se daba por vencido.

–Ya te contesté a eso –dijo, levantándose–. Estamos aquí para hablar de mi negocio… ¡no de mi cuerpo!

–Eso es lo que yo pensaba –Wakefield le sonrió, echándose para atrás en su silla–. Realmente lo crees, ¿verdad?

–¿Creer el qué? –dijo bruscamente ella.

–Tanta inocencia –se burló él–. Vaya desperdicio. Obviamente te has enamorado de Carlisle, lo que significa que no te darás cuenta de lo superior que soy a él en muchos sentidos. Sobre todo en la cama.

Marina sintió cómo la cólera se apoderaba de ella.

–¡Márchate de aquí, ahora mismo!

–Vaya desperdicio –volvió a murmurar él.

Marina se dispuso a salir del salón.

–Si te marchas, no te daré los documentos que te he traído. Ya están firmados.

Ella se detuvo. Si estaban firmados, todo había acabado. Se dio la vuelta para mirarlo.

–Ahí tienes –dijo él, dejando los documentos sobre la mesa–. Firmados y entregados.

Entonces se volvió a echar para atrás en la silla. Marina frunció el ceño. Aquello tenía que ser una trampa. Se acercó y tomó los documentos, sentándose en el sillón para leerlos.

–No son los documentos de mi compañía –dijo tras examinarlos–. Es una copia de los documentos de la venta de mi casa –lo miró extrañada y él se encogió de hombros.

Marina leyó el siguiente documento. Eran de una compañía llamada Australis. Le sonaba aquel nombre. Rápidamente miró el contrato de venta. Su casa había sido vendida a la compañía Australis. Pensó que sería una fundación familiar.

Y entonces, mientras miraba todos los documentos, encontró lo que Wakefield quería que viera. Se quedó paralizada.

–Nuestro amigo Carlisle no podía esperar para que fueras a él, ¿no es así? Compró rápidamente tu casa a través de una de sus compañías. Y te dejó sin casa y vulnerable.

Marina lo ignoró, revisando desesperada los documentos en sus temblorosas manos.

Pero era verdad. Ronan había *comprado* su casa y había pretendido no saber nada al respecto. No sabía qué ganaba él haciendo todo aquello.

Cuando llegó al último documento, se quedó petrificada; Charles Wakefield había transferido la propiedad de su compañía hacía dos días. Pero el apellido Lucchesi no aparecía en el documento. En vez de eso, el nuevo dueño era Ronan Carlisle.

Capítulo 18

EL DOLOR destrozó a Marina, la dejó inmóvil, incluso temerosa de respirar.

La noche anterior, mientras ella había estado en sus brazos, Ronan ya era el dueño de la compañía de su familia.

Ronan lo había sabido. Seguro que debía haberlo sabido, pero no había dicho nada.

—Es doloroso que destruyan las ilusiones de la gente —la falsa simpatía que denotaba la voz de Wakefield ni siquiera la enfadó. Estaba demasiado ocupada tratando de entender aquello—. No sé que te habrá contado Carlisle, pero le había echado el ojo a tu pequeña compañía desde hacía algún tiempo. Mis empleados lo descubrieron y fue por eso por lo que decidí conseguirla yo primero.

Marina levantó la vista y vio que la estaba mirando muy de cerca.

—Debería haber sido más prudente —admitió él—. He hecho unas pocas… adquisiciones poco convencionales que han resultado ser problemáticas. Dado el continuo interés de Carlisle, le he vendido ésta. Eso era lo que él quería.

Agitó la cabeza y le dirigió a Marina su sibilina sonrisa. Ella se estremeció.

—Pensaste que yo era un avaricioso, cielo. Pero por lo menos fui franco. Carlisle os quería a ti y a la em-

presa, pero no te lo dijo, ¿a que no? Te engañó hacién-
dote pensar que te iba a ayudar a recuperar lo que habías perdido, cuando en realidad lo quería para él. Iba
detrás de la empresa y de un poco de variedad en la
cama.

Marina no dijo nada. Frenéticamente leyó y releyó
los documentos. No podía ser. Sabía que Ronan no la
amaba, pero era un hombre decente y ella había confiado en él.

—Una última cosa —dijo Wakefield, levantándose—.
Una vez que tu querido Ronan sepa que has descubierto lo que ha hecho, tu estancia aquí se habrá acabado. No te querrá cerca de él, enfurruñada por lo que
te ha hecho —ya desde la puerta continuó—. Mi consejo
es que te marches antes de que él te eche. Puede que
seas mona, pero cualquiera puede ver que no eres su
tipo. Te aseguro que la novedad ya se le ha pasado. Si
te queda algo de orgullo te marcharías en vez de esperar a que te eche.

Marina no respondió. Ni siquiera se movió. Estaba
aturdida. No se lo podía creer. Las lágrimas afloraron a
sus ojos, pero las apartó cerrándolos con fuerza.

Se preguntó si todo había sido una farsa. Ronan la
había necesitado para que lo ayudara a quitarle a Wakefield sus bienes. No había duda de la furia que sentía
cuando le contó lo que le había pasado a su hermana o
de su odio hacia Wakefield.

¿Pero le había motivado también el deseo de ayudarla a ella? ¿O había sido ella simplemente una inocente conveniente para él?

¡Había sido tan crédula! ¡Había confiado tanto en
él! Le dolió el pecho al tratar de aguantar las lágrimas.
Pero fue inútil. Sintió cómo le corrían por las mejillas
y la barbilla.

Wakefield había dicho que ella había sido una novedad para Ronan. Si no fuera por los documentos que Wakefield le había dejado, no se lo hubiese podido creer.

Estaba rota por el dolor. Se preguntó si Ronan se habría estado riendo de ella durante todo el tiempo. No podía ser tan cruel.

Pero era cierto que ella nunca se había acabado de creer los cumplidos que él le decía sobre lo guapa que era. Se acurrucó en el sofá, levantó la vista… y vio a Ronan en la puerta. Tenía la corbata torcida, el pelo despeinado y sangre en los nudillos.

Ronan se acarició la mano. Revivió la satisfacción que sintió al ver la cara de asombro de Wakefield cuando cayó al suelo. Había sido una pequeña revancha por el daño que el malnacido les había hecho a Cleo y a Marina, pero era sólo el principio.

Wakefield ya no era tan prepotente en aquel momento en que su fortuna había descendido más de un cincuenta por ciento. Incluso con la ayuda de los contactos de su familia tardaría años de duro trabajo en recobrar lo que había perdido. Y eso era satisfactorio.

Ronan sonrió mientras entraba en el salón, pero se quedó paralizado, horrorizado ante lo que vio.

Marina estaba allí, acurrucada en una esquina del sofá, tan pálida como un espectro. Se acercó a ella. Si Wakefield le había hecho daño…

Pero cuando se acercó, notó cómo ella se estremeció cuando él trató de acariciarla y cómo le temblaba el labio inferior.

–Marina –dijo con la voz ronca–. No me mires así.

Ella parpadeó y se restregó los ojos con la mano.

Aquel gesto infantil hizo que algo se retorciera dentro de él. Había querido protegerla, pero de alguna manera le había fallado.

—Sea lo que sea lo que haya dicho, no le creas. Wakefield es un mentiroso compulsivo. Ya lo sabes. Diría lo que fuera para crear problemas entre nosotros.

—¿Dónde está? —susurró ella. Incluso su voz era débil.

—Se ha marchado —contestó, acercándose un poco más con cuidado—. No te preocupes por él. Los de seguridad no le dejarán acercarse a la casa. No te podrá hacer daño.

Si no hubiese sido por la llamada urgente de la señora Sinclair en medio de su reunión, quizá ni se hubiese enterado de la visita de Wakefield. Pensar en ese asqueroso a solas con Marina hacía que le hirviera la sangre. Era obvio que, de alguna manera, le había hecho daño.

Pero entonces observó los documentos que tenía ella en las rodillas y esparcidos por el suelo.

—¿Qué es eso, Marina? ¿Qué son esos documentos? —preguntó en voz baja, sin alterarse.

—Son copias de unos documentos comerciales. De la venta de mi casa —Marina hizo una pausa para aclararse la garganta—. Y la transferencia de mi compañía a ti.

¡Demonios! No le extrañaba que estuviese tan pálida. Estaba en estado de shock.

Se podía imaginar las venenosas mentiras que le habría contado Wakefield. Le preocupaba mucho Marina, ya que parecía totalmente destruida y sin fuerzas para luchar.

Se acercó a ella y la tomó de las manos. Ella trató de resistirse, de apartarlo cuando se sentó a su lado en el sofá, pero Ronan no se lo permitió.

–Cuéntame.

–Ha dicho que siempre quisiste mi compañía para ti –le tembló la voz–. Que me engañaste…

–Yo no quiero tu compañía –dijo él apresuradamente–. Aclaremos eso ahora mismo. Nunca he tratado de quedarme con ella y no planeé todo esto para quedármela yo.

–Pero Wakefield ha firmado el traspaso a tu nombre.

–Eso sólo ha sido otra de sus tácticas –Ronan le apretó las manos, preocupado por lo frías que estaban–. Wakefield ha mentido. Debió planear todo esto desde el momento en que se dio cuenta de que debía renunciar a la empresa. Cuando mi equipo jurídico me informó de que estaba haciendo el traspaso a mi nombre, decidí seguir adelante con ello. Lo principal era que la compañía ya no estuviera en sus manos. Después podíamos arreglarlo todo entre nosotros. Eso es lo que he estado haciendo hoy… organizando el traspaso de poder a la familia Lucchesi.

Marina parpadeó y sintió cómo le temblaba el cuerpo.

–Es verdad –urgió él, desesperado por que ella le creyese–. Tu hermano Sebastian está ahora mismo en la reunión. Puedes telefonearle.

–No me lo dijiste –susurró ella.

–No –a Ronan le golpeó la conciencia. Si hubiera confiado en Marina como ella se merecía nada de eso estaría pasando.

–Y compraste mi casa –dijo ella de manera acusadora.

Ronan no sabía cómo explicar aquello. Sus motivos no habían sido puros para nada. Iba a pensar que era un manipulador. Respiró profundamente y la acercó hacia él. Ella se quedó rígida en sus brazos. Pero allí estaba, caliente y protegida, en el lugar a donde pertenecía.

–Sí, compré tu casa. Necesitabas dinero rápidamente, así que la compré.

Marina se apartó de él lo suficiente como para verle la cara y le dirigió una mirada exigiendo saber la verdad. A él le alivió ver que ella tenía mejor color.

–¿Por qué?

–Lo hice porque te deseaba –dijo con la dureza reflejada en la voz–. Es así de simple. Cuando te llevé a tu casa tras la recepción de Wakefield y te metí en la cama… cuando salí de allí había decidido que serías mía.

Marina se quedó boquiabierta y él continuó hablando. No tenía nada que perder.

–Es por eso por lo que insistí en que hicieras el papel de mi amante. Porque te quería cerca de mí. Te quería *conmigo*. Pero al tenerte aquí en mi casa, en mi cama, las cosas cambiaron. Me di cuenta de que quería más –le latía con tanta fuerza el corazón como si fuera un martillo–. Quería…

–¿Qué querías?

–Que te enamoraras de mí –admitió.

El silencio se apoderó de la habitación. Mientras esperaba la respuesta de Marina, a Ronan se le aceleró el pulso del tal manera que le retumbaba en los oídos. Estaba aterrorizado.

–No lo entiendo. ¿Por qué querrías que pasara eso? ¿Era porque yo era… una novedad en tu vida? ¿Fue para pasarlo bien un rato, porque yo era diferente?

–¡Novedad! ¿Es eso lo que ha dicho Wakefield? Cuando le ponga las manos encima a esa escoria le voy a…

–Olvídate de Wakefield y respóndeme.

–Oh, cariño. No has creído eso, ¿verdad que no? ¡No has podido creerlo! ¿No sabes que eres preciosa?

¿No sabes que haría lo que fuera para mantenerte a mi lado?

–Todo lo que sé es que me mentiste.

Marina le había dado una puñalada en el corazón. Pero él se lo merecía y lo sabía.

–Tienes razón. Te mentí, Marina.

–¿Por qué? ¿Por qué querrías hacerme daño?

Ronan se rió amargamente. Había sido peor que Wakefield. Por lo menos ella sabía qué esperar de él.

–No quería hacerte daño, Marina. Créeme. Yo… –tragó saliva con fuerza y se forzó a continuar hablando–. Quería que te enamoraras de mí. De la misma manera en la que yo me había enamorado de ti.

De nuevo se creó un silencio entre ambos, sólo roto por el sonido de la agitada respiración de él.

–Bueno, eso lo conseguiste –dijo por fin Marina.

–¿Qué? –Ronan había visto cómo se movían los labios de ella, pero… ¿realmente había dicho aquello?–. ¿Qué has dicho?

Ella lo miró a los ojos y en ese preciso momento él lo supo.

–Lo que has oído –contestó ella, esbozando una leve sonrisa y apartando la mirada, tímida.

Él la abrazó tan estrechamente, que sus cuerpos se unieron en uno solo. Nunca se había sentido mejor, ni siquiera cuando hacían el amor apasionadamente. Nada se podía comparar a la sensación de saber que ella le correspondía. Ella, sensual y sexy, que pronto sería su esposa.

–Te amo, Marina. Me ha llevado mucho tiempo admitirlo. Me decía a mí mismo que era simplemente lujuria lo que sentía y la necesidad de mantenerte segura. Pero estaba equivocado.

Ronan comenzó a acariciarla.

–Y he sido un cobarde. No te lo quería decir hasta estar seguro de que tú también me necesitabas.

Se acercó a su cara y le dio un beso en la mandíbula y otro justo debajo de la oreja, tras lo cual le acarició alrededor de ésta con la lengua. Pudo sentir cómo ella se estremecía en sus brazos.

Nunca tendría suficiente de ella. Nunca.

–Me aterroricé cuando dijiste que te ibas a marchar de mi casa.

–Estaba tratando de ser independiente –dijo ella–. Nunca me dijiste lo que sentías.

–Eso es porque fui un maldito idiota –sonrió entre el pelo de Marina, oliendo su sexy aroma–. Dímelo –urgió él, decidido a vencer ese último vestigio de temor.

–¡Eres tan mandón!

–Dímelo –volvió a urgir, levantándole la cara–. O no te volveré a besar.

Marina sonrió abiertamente, haciendo que a él le diera un vuelco el corazón de la emoción.

–Te amo. Pensé que era patéticamente obvio –dijo ella, besándolo a continuación.

Sus besos lo enloquecían.

Su mujer. Cálida y maravillosa. Su mundo comenzaba y terminaba en ella.

–Desde el principio supe que eras mía –dijo con la respiración entrecortada minutos después.

–Pero yo estaba…

–Preciosa –susurró él en su oreja–. Incluso con aquel espantoso conjunto. Llena de fuego y pasión. Haciéndole frente a ese matón de Wakefield. No me extraña que me enamorara de ti.

–¿De verdad? –incluso en aquel momento su voz reflejaba dudas.

–Marina Lucchesi, eres una mujer de una belleza deslumbrante –dijo, esperando que le creyese–. Eres lista, competente y endemoniadamente sexy.

–Pero aun así, la primera vez casi te tuve que suplicar que me hicieras el amor.

–Estaba tratando de hacer lo correcto. Te deseaba tanto que me estaba matando. Pero sabía que estabas dolida. Habías perdido a tu padre, tu casa, todo tu futuro. Estabas herida e insegura de ti misma. No tenía ningún derecho a forzarte a tener intimidad. ¡Por el amor de Dios, eras virgen!

–No me forzaste a nada, Ronan. Yo elegí por mí misma, libremente.

–¿Y te vas a quedar? ¿Decidiéndolo libremente? –necesitaba oírselo decir.

Marina asintió con la cabeza, esbozando una suave sonrisa.

–Me voy a quedar.

–Eres la única mujer que existe para mí, Marina.

–¿Así que estás buscando una amante a largo plazo?

–No, demonios –Ronan la abrazó estrechamente–. Mi madre y Cleo vienen este fin de semana desde Perth para darte la bienvenida a la familia. Todos se morían de curiosidad por conocerte, pero les hice esperar hasta que no estuviera seguro de ti.

–Ah, ¿así que ibas a utilizar mi empresa como soborno? ¿Para persuadirme de que me casara contigo?

Marina esbozó una dulce y pícara sonrisa. Ronan negó con la cabeza.

–No. Eso ya se ha firmado, sellado y enviado. Tengo que admitir que pensé que ayudaría a mi causa cuando hoy te diera los documentos… como una sorpresa durante una agradable e *íntima* comida. Pero confiaba en mis encantos naturales para convencerte.

Ronan fue a besarla de nuevo, pero sintió los dedos de ella presionando sus labios.

–Te has olvidado de algo –dijo ella–. Si quieres una esposa, tienes que pedírmelo primero. Ésa es la tradición –los oscuros ojos de Marina reflejaron alegría–. Quizá necesite que me convenzas.

Inmediatamente él la levantó en brazos, acercándola a su corazón, donde ella pertenecía. Entonces se dio la vuelta y se dirigió hacia las escaleras.

–Cuento con ello –dijo, esbozando una sonrisa.

Bianca®

**Él necesitaba un heredero…
ella esperaba un hijo suyo…**

Dejarse seducir por un francés guapo y bronceado no figuraba en la lista de cosas que Jane Vaughan pensaba hacer durante sus vacaciones. Pero Xavier Salgado-Lézille no era un hombre al que una mujer pudiera rechazar fácilmente.

Jane intentó resistirse a él, pero la falta de experiencia no la ayudó. Fue una sorpresa enamorarse y mucho más descubrir a su regreso que se había quedado embarazada.

Después de acabado el romance, Xavier se enteró de que Jane esperaba un hijo suyo y decidió que quería un heredero y que Jane se convirtiera en su esposa.

Heredero de amor

Abby Green

Acepte 2 de nuestras mejores novelas de amor GRATIS

¡Y reciba un regalo sorpresa!

Oferta especial de tiempo limitado

Rellene el cupón y envíelo a
Harlequin Reader Service®
3010 Walden Ave.
P.O. Box 1867
Buffalo, N.Y. 14240-1867

¡Sí! Por favor, envíenme 2 novelas de amor de Harlequin (1 Bianca® y 1 Deseo®) gratis, más el regalo sorpresa. Luego remítanme 4 novelas nuevas todos los meses, las cuales recibiré mucho antes de que aparezcan en librerías, y factúrenme al bajo precio de $3,24 cada una, más $0,25 por envío e impuesto de ventas, si corresponde*. Este es el precio total, y es un ahorro de casi el 20% sobre el precio de portada. !Una oferta excelente! Entiendo que el hecho de aceptar estos libros y el regalo no me obliga en forma alguna a la compra de libros adicionales. Y también que puedo devolver cualquier envío y cancelar en cualquier momento. Aún si decido no comprar ningún otro libro de Harlequin, los 2 libros gratis y el regalo sorpresa son míos para siempre.

416 LBN DU7N

Nombre y apellido	(Por favor, letra de molde)

Dirección	Apartamento No.

Ciudad	Estado	Zona postal

Esta oferta se limita a un pedido por hogar y no está disponible para los subscriptores actuales de Deseo® y Bianca®.
*Los términos y precios quedan sujetos a cambios sin aviso previo.
Impuestos de ventas aplican en N.Y.

SPN-03   ©2003 Harlequin Enterprises Limited

Jazmín®

Decreto real
Cara Colter

La intrépida pelirroja Prudence Winslow se había quedado sin dinero y sin esperanzas de encontrar al hombre perfecto, así que decidió alejarse de los hombres… ¡durante todo un año! Pero entonces conoció a Ryan Kaelan y a sus encantadores hijos que, a falta de una madre, necesitaban de sus dotes como niñera. Prudence aceptó el trabajo y trató de convencerse a sí misma de que no lo hacía por el evidente atractivo de su nuevo jefe… ¡ni por el hecho de que se tratara de un verdadero príncipe!

¿Podría negarse a obedecer la orden real… de sellar el trato con un beso?

Deseo®

Esperando un hijo tuyo
Maureen Child

El cirujano Sam Lonergan tenía una vida sin ningún tipo de ataduras... hasta que conoció a Maggie Collins, la joven y atractiva ama de llaves del rancho de su familia. Tuvieron un encuentro increíblemente apasionado... tras el cual Maggie descubrió que estaba embarazada.

Aunque se estaba enamorando, Maggie sabía que él no era de los que se casaban...

Si le pedía que se casase con él... Maggie no sabía si tendría fuerzas para rechazarlo